U0894485

——————阅读之前 没有真相

午夜文库

绫辻行人作品集

绫辻行人 Ayatsuji Yukito (1960—)

日本推理文学标志性人物，新本格派掌门和旗手。

绫辻行人一九六〇年十二月二十三日出生于日本京都，毕业于名校京都大学教育系。在校期间加入了推理小说研究社团，社团的其他成员还包括法月纶太郎、我孙子武丸、小野不由美等，而创作了《十二国记》的小野不由美后来成了绫辻行人的妻子。

二十世纪八十年代是日本推理文学的大变革年代。极力主张“复兴本格”的大师岛田庄司曾多次来到京都大学进行演讲和指导，传播自己的创作理念。绫辻行人作为当时推理社团的骨干，深受岛田庄司的影响和启发，不遗余力地投入到新派本格小说的创作当中。

一九八七年，经过岛田庄司的引荐，绫辻行人发表了处女作《十角馆事件》。他的笔名“绫辻行人”是与岛田庄司商讨过后确定下来的，而作品中侦探的名字“岛田洁”来源于岛田庄司和他笔下的名侦探“御手洗洁”。以这部作品的发表为标志，日本推理文学进入了全新的“新本格时代”，而一九八七年也被称为“新本格元年”。

其后，绫辻行人陆续发表“馆系列”作品，截止到二〇一二年已经出版了九部。其中，《钟表馆事件》获得了第四十五届日本推理作家协会奖，《暗黑馆事件》则被誉为“新五大奇书”之一。“馆系列”奠定了绫辻行人宗师级地位，使其成为可以比肩江户川乱步、横沟正史、松本清张和岛田庄司的划时代推理作家。

绫辻行人“馆系列”作品年表

1987　《十角馆事件》

1988　《水车馆事件》

1988　《迷宫馆事件》

1989　《人偶馆事件》

1991　《钟表馆事件》

1992　《黑猫馆事件》

2004　《暗黑馆事件》

2006　《惊吓馆事件》

2012　《奇面馆事件》

绫辻行人作品集③

迷宫馆事件

[日]绫辻行人 著
谭力 译

新 星 出 版 社 NEW STAR PRESS

目录

出版前言

一九八七年，在日本推理文学史上是一个举足轻重的年份。在这一年，绫辻行人的“馆系列”登上舞台，改变了推理文学在这个东瀛岛国的发展方向，而这一改变的影响一直持续到了今天。

在“馆系列”之前，日本推理文学被一种叫作“社会派”的小说统治。这种类型的推理小说属于现实主义作品，淡化了谜团和侦探在故事里的作用，注重揭露人性的丑陋和社会的阴暗，和之前人们熟悉的“福尔摩斯式”推理小说大相径庭。

社会派推理小说的创始者是日本文学宗师松本清张，他在一九五七年出版的小说《点与线》是这类作品的发轫之作。小说诞生于日本经济飞速崛起之后，刻画了繁华背后日本社会隐藏的种种弊端和危机，因此引发了广大读者的强烈共鸣，一举取代了传统的“本格派”推理小说，统治日本文坛长达三十年。

在这段时间里，日本的每一部推理小说均或多或少地带有社会派痕迹；每一位创作者也都不同程度地受到了松本清张的影响。当时评论界有“清张魔咒”这样的说法，其统治力和影响力可见一斑。

随着时间的推进，新一代读者迅速成长。这些读者对于日本战后的情况缺乏起码的“感同身受”，导致社会派推理小说的读者群日渐萎缩；加之由于内容过于“写实”，导致作品出现“风俗化”趋势，进一步失去了读者的爱戴。

在八十年代初期，先后有几位创作者进行了尝试，主张推理小说回归本色，重拾“福尔摩斯式”的浪漫主义。其中，最具影响力的莫过于有“推理之神”之称的岛田庄司和他的代表作《占星术杀人魔法》。

八十年代末，在岛田庄司的指引和支持下，京都大学的推理社团高举“复兴本格”的大旗，涌现出一大批推理小说创作者，成为新式推理小说的发源地。这些创作者创作的小说被评论家称为“新本格派”，而其中成就最高、影响力最大的，莫过于绫辻行人和他的“馆系列”。

“馆系列”的灵感来源于绫辻行人的老师岛田庄司的作品《斜屋犯罪》，是当时非常典型的新本格式的“建筑推理”。所谓“建筑推理”，是指故事围绕一座建筑物展开，而这座建筑通常是宏大的、奢华的、病态的、附有某种机关或功能的、现实中绝对不可能存在的。这种超现实主义舞台赋予了谜团全新的生命力，使其更加具有冲击力。这种诞生于二十世纪八十年代的“二十一世纪”的推理，正是新本格派的存在价值和最高追求。值得一提的是，“馆系列”的主人公侦探名叫“岛田洁”。这个名字来自于“岛田庄司”和岛田庄司笔下的名侦探“御手洗洁”，也是绫辻行人以另一种方式在向老师致敬。

发表于一九八七年的《十角馆事件》是“馆系列”的第一部，截止到二〇一二年出版的《奇面馆事件》，这个系列总共出版了九部，并且还在继续创作当中。在这个系列里，绫辻行人运用了本格推理中几乎可以想到的所有手法，将“机关”渗透于故事的设置、陈述、误导、逆转、破解等各个层面。十角馆、水车馆、迷宫馆、人偶馆、钟表馆、黑猫馆、暗黑馆、惊吓馆、奇面馆……绫辻行人的“馆系列”犹如一部部悬疑大片，总能在故事被讲述到“山穷水尽”时，从不可能而又极其合理之处带给阅读者一次又一次震撼。

“馆系列”影响了当时所有从事推理创作的日本作家，直接鼓励了麻耶雄嵩、我孙子武丸、法月纶太郎、歌野晶午等一大批人走上了推理之路，其中也包括绫辻行人的夫人小野不由美。而其后京极夏彦、西泽保彦、森博嗣的出道，也和“馆系列”的启发密不可分，以至于这三位作家被评论界称为“新本格二期”。出道于二〇〇〇年以后的伊坂幸太郎、道尾秀介、东川笃哉、凑佳苗等新人，也都不同程度受到了“馆系列”的熏陶。二〇一二年获得直木大奖的女作家辻村深月更是为了向绫辻行人表达敬意，特意起了“辻村深月”这个笔名。如果说岛田庄司是当时第一个向“清张魔咒”发起挑战的作家，那么绫辻行人就是第一个击碎“清张魔咒”的推理作家。

之前中国内地曾有出版社引进、出版过“馆系列”，但一直没能出全；已出版的几册也因当时出版理念的影响，未能很好地展现这个系列的原貌，甚至出现了删改原版结局的情况。近几年，绫辻行人对“馆系列”做了修订，在日本讲谈社出版了新版，而中国读者还没有机会阅读这个版本，不能不说又是一大遗憾。

作为中国最大、最专业的推理小说出版平台，“午夜文库”经过不懈努力，在日本讲谈社总部及讲谈社北京公司的帮助下，终于有机会出版新版“馆系列”全套作品。“午夜文库”将采用全新译本和装帧，将最新、最完整、最精彩的“馆系列”呈现在读者面前。我们相信，作为已经经过时间验证、升华为经典的“馆系列”，一定会在“午夜文库”中占据重要而独特的位置，散发出永恒的光芒。

新星出版社

“午夜文库”编辑部

作者序言

亲爱的中国读者朋友们：

我以“绫辻行人”这个笔名出版《十角馆事件》一书是在一九八七年的秋天，距今已经超过四分之一个世纪了。自那时起，以“XX馆事件”为题、不断创作“馆系列”长篇小说便成了我的主要工作。到二〇一二年出版的《奇面馆事件》，这个系列已经出版了九部作品。我曾经说过要写出十部“馆系列”作品，距离这一目标也只剩下最后一部了。

在这一时间点，“馆系列”的中文新译版行将推出。旧译版只出到了第七部《暗黑馆事件》，这一次则将出版包括最新的《奇面馆事件》在内的全部作品。

跨越了国与国的界线、语言上的障碍以及文化上的差异，能在中国拥有这么多喜欢自己作品的读者，作为创作者来说，我在备感欣喜的同时，也感到了些许自豪。

“馆系列”作品着眼于“不可解的谜团与理论性的解谜”，属于通常意义上的“本格推理”小说。完成一部作品的方法有很多，除了重视这些着眼点以外，我一以贯之的目的，就是能写出具有“意外结局”的作品。当大家阅读到各个作品的结局时，如果能在“啊”的一声之后感到惊讶，对我来说就十分幸福了。

我听说，中国正不断地涌现志在从事本格推理创作的才俊。以“馆系列”为肇始的绫辻作品，如能对中国的推理创作事业的发展产生激励效果，那将是我无上的荣幸。

从《十角馆事件》到《奇面馆事件》，就请大家好好享受这段阅读“馆系列”九部作品的美好时光吧！

绫辻行人

二〇一三年三月

序幕

一九八八年九月二日，星期五。

因热伤风恶化而待在家里的岛田收到了一本书。

薰衣草紫、丁香紫、兰花紫……虽然想出好几种颜色，却不知道哪一个最准确，总之是个浅紫色的封面。

这是本所谓“新书判[①]”规格的书。封面中央是一个与周围颜色相同、呈四十五度角倾斜的投影框。框中有一张照片，在会让人联想到血海的深红色背景上，孤零零地浮起一个黑色的水牛头。

相框右上方以浮雕式样印着书的标题。相框左侧，同样以浮雕式样印着作者的名字。

迷宫馆事件

鹿谷门实

①日本出版物规格之一，比通常的文库本略大。

腰封是一条深绿色的纸带。“稀谭社 Novels 本月新书”的文字下方，以反白的粗体字印着引人注目的句子：

本格推理新作！

现在，为你解开——

“迷宫馆事件”冲击的真相！

(真是的……)

岛田一边翻到封底，一边想着。

(最近这种书的宣传语越来越啰唆了。)

听说现在已经到了小说卖不掉的时代，不过推理小说这种类型的作品到了市场上还可以确保占有一定程度的份额，而且从这几年来书店里各出版社的小说数量上看——

太多了，内容却令人摸不着头脑——老实说，这些书只会给人带来诸如此类的感想。粗制滥造的后果，是让读者因失望而放弃推理小说。不过这只是别人的事情，自己居然还对此表示担心。

看了看封底。

封底印着作者的近照以及简介，岛田觉得照片拍得不太好。

拥有复杂迷宫的地下宅邸“迷宫馆”——当聚集于此的四位推理作家以这个馆为舞台，开始创作小说的时候，惨剧的序幕揭开了！

变成密室的馆里，发生了连环杀人事件。真凶到底是谁？……令你战栗的大诡计！教人惊愕的结局！无与伦比的芬芳！

岛田不由得苦笑起来。

唉，对这种恐怕是由责任编辑撰写的、夸大其词的“内容简介”，作者本人究竟会用什么心情去看待呢？

如果平日在书店看到这种书，他只会拿起来翻翻，绝对不会买。他并不讨厌推理小说，而且是国外作品的粉丝；偶尔心血来潮阅读的国内推理作品，总是辜负了他的期待，只好放弃。

但——

如果是自己熟识的人写的书，当然得另当别论。更何况这是作者亲自送来的书，不能不看吧。而且，书中谈的是那桩“迷宫馆事件”。

他钻进被子，保持俯卧姿势。

在昨天夜里，烧已经退了，但各个关节还在隐隐作痛，正感到有点无聊。这么几百页的话，大概花两三个小时就能读完。

他把枕头垫在下巴底下，开始翻书。

先看看目录，再通览全书。

最后看到书末的“后记”。他按一直以来的阅读习惯，在看正文前先看后记。

后记

本来这段文章应该放在全书开头，但想到读完正文再读后记的读者少得惊人，姑且还是把它移到卷末。因此，请把它当作写给尚未阅读正文的读者的“开场白”。

这部作品以“小说”的形式来发表，对此我至今仍然感到有点犹豫，因为看到本书书名“迷宫馆事件”后，或许会有读者立即察觉到它是以真实的某起杀人事件为题材创作出来的。

一九八七年四月所发生的案件——与小说中的日期相同——著名作家居住的奇妙宅邸中发生的离奇事件，经过媒体的渲染，变成了轰动一时的大新闻。

然而到了最后，大家都认为媒体没有掌握这起事件的全貌。

这也情有可原，那起事件是在某种非常特殊的情况下发生的，而了解真实状况的相关人士也没有做出回应。警方对如此异常的事件感到十分困惑，虽然认可了某种表面上的“真相”，但也没有积极对外公布。结果，媒体也只能基于警方含糊其词的声明予以报道，草草了事。

各位读者可能会认为，我只不过是摆出一副亲眼见过的样子，在信口开河吧？

既然事件的相关人士都摆出沉默的姿态，为什么你还能以这起事件为题材写书呢？读者大概会这么想。

坦白告诉各位吧。

我是目睹了那起事件的人。鄙人，鹿谷门实，是一九八七年四月迷宫馆内发生的连环杀人案的相关人士之一。

这次，我决心用这种方式把那起事件的经过发表出来，大体上说有两个理由。

第一个理由，是编辑某君的热心建议。

另一个理由，这么说吧，是对在那起事件中死去的“他们”产生了追悼的念头。

尽管这样说有点不好意思，但至少“他们”之中的某个人，对推理小说这种畸形文学的确怀有无比的热爱，也投入了极大的热情，我对此深信不疑。于是我想，用这种方式对事件进行“推理小说式再现”，是献给死者最好的祭品。

以上是作者自己的事情，不过对大部分读者来说，应该无关紧要吧？

不管事件有多么复杂的前因后果，充其量“不过是推理小说罢了”。对读者来说，这毕竟只是一部用来排遣平日无聊的娱乐小说。当然，我觉得这种看法没有任何问题；要是不当娱乐小说看，我还会感到为难呢。

最后——

鉴于这部“小说”中出现的人名、地名等专有名词大半都采用了化名，所以在这里不得不清楚写明这一点。这么说来，我也摆出一副若无其事的样子在小说中登场了，但并不以笔名“鹿谷门实”出现。

在所有相关人士当中，谁是鹿谷门实呢？

大概会有对此感兴趣的读者吧，但我觉得还是不说为妙。

一九八八年夏
鹿谷门实

去年四月在“迷宫馆”中发生的真实杀人事件……

岛田是对这起事件有着深刻了解的相关人士之一，而且，对这件在不寻常的状况下发生的事件最后如何得以“解决”，大体上也有所了解。

（真实事件的“推理小说式再现”吗？）

合上书，脑海里就浮现出这位久未谋面的作者的样子。

（那么，作者究竟在葫芦里卖些什么药呢？让我见识一下他的本领吧。）

岛田读起这本书来。

迷宫馆事件　鹿谷门实

迷宫馆事件

鹿谷门实　著

稀 谭 社

目录

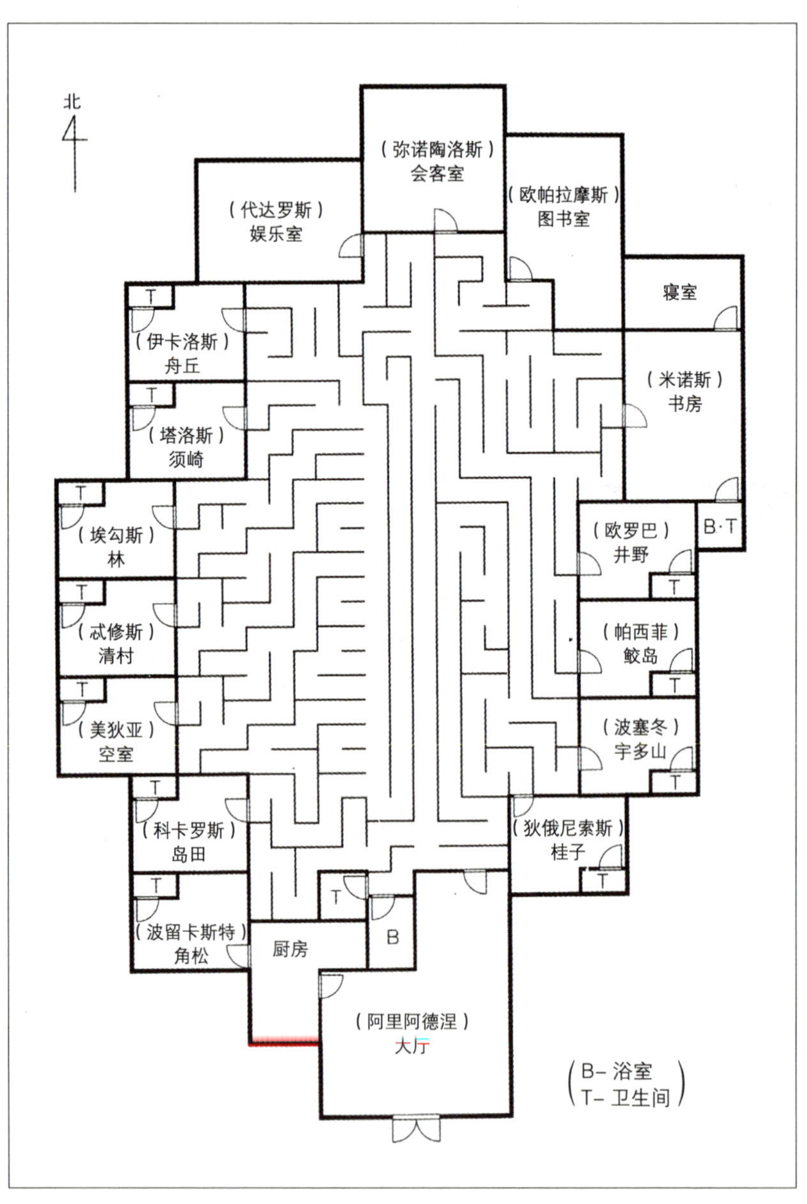
北
（弥诺陶洛斯）
会客室
（代达罗斯）
娱乐室
（欧帕拉摩斯）
图书室
寝室
（伊卡洛斯）
舟丘
（塔洛斯）
须崎
（米诺斯）
书房
（埃勾斯）
林
（欧罗巴）
井野
B·T
（忒修斯）
清村
（帕西菲）
鲛岛
（美狄亚）
空室
（波塞冬）
宇多山
（科卡罗斯）
岛田
（狄俄尼索斯）
桂子
（波留卡斯特）
角松
厨房
B
（阿里阿德涅）
大厅
（B－浴室
T－卫生间）

图一 迷宫馆平面图

出场人物（括号内的数字为一九八七年四月时的年龄）

宫垣叶太郎	日本推理小说界的元老，“迷宫馆”主人。（60岁）
清村淳一	推理作家。（30岁）
须崎昌辅	推理作家。（41岁）
舟丘圆香	推理作家。（30岁）
林宏也	推理作家。（27岁）
鲛岛智生	评论家。（38岁）
宇多山英幸	编辑。（40岁）
宇多山桂子	宇多山英幸的妻子。（33岁）
井野满男	宫垣的秘书。（36岁）
角松富美祐	女佣。（63岁）
岛田洁	推理小说迷。（37岁）

序幕

“真是久违了，”宇多山英幸浅坐在沙发上说道，“看到您这么精神，我就放心了。”

“哦，你真这么看？”对面坐着的男人不悦地歪着干涩的嘴唇，小小的眼睛在浅色的金边眼镜镜片背后慢慢眨着，“‘精神’这种词跟我最没缘分了。我为什么变卖东京的房产搬到这里，你应该十分清楚。”

“这个……呃……”

漂亮的纯白头发随意往后梳，充满智慧的四方形额头，细长的脸颊和尖尖的下巴，微微隆起的鼻梁……

在宇多山看来，宫垣叶太郎这位老绅士跟去年春天最后会面时的状态没有太大差别。

然而，宫垣的脸色确实不大好，跟之前比起来瘦得更明显了，深陷的眼窝中也没了以往那种犀利的眼神。

“身体不行了”这类感叹，最近两三年已经成了宫垣的口头禅。每次宇多山跟他见面，都会听到跟身体状况不佳有关的抱怨。可尽管这样，宫垣还是很讨厌医生，就算周围的人再三劝他去医院接受检查，他依然不为所动。

“这样看来，您的身体状况果然不大好啊。”

宫垣整张脸抽搐似的微微一笑。

“糟透了。”他回答道，“不过这也无可奈何，我已经认命了，生老病死乃人之常情。我年轻时曾说过‘不想活很久，比别人先死显得更加优美’之类的豪言壮语。难道现在一把年纪了，反倒要反悔，去挑战长寿纪录吗？我可完全没有这种念头。”

“哦。”宇多山点点头，笑着附和对方。可是此时，他不由得感到有点忐忑。宫垣用这种口气说起自己的健康状况，听起来自嘲的情绪比以前严重得多。

宫垣叶太郎——一位推理小说作家。

在大出版社“稀谭社”文艺编辑部工作的宇多山，既是他的责任编辑，又是他作品的热心读者，两人因此交往多年。

宫垣于一九四八年——战后推理小说复兴期——出道，那年他二十一岁。他的处女作《冥想诗人之家》让当时某位巨匠赞叹道：“这部稳重而刺激的杰作，竟出自年轻的新人之手，令我甘拜下风。”

自此之后，宫垣叶太郎大概每一两年发表一部长篇作品，是坚定的“寡作主义”支持者。其中一个原因在于，他父亲是个大资本家，他用不着“为了生活而写作”。所以从结果上说，他不断发表高质量的作品，短时间内就在席卷推理小说界的“社会派[①]”作品浪潮中突围出来，确立了自己独特的地位。

十年前，他在五十岁时完成了长篇作品《为了华丽的没落》。这

①“社会派”指一九五七年由松本清张创立、统治日本推理文坛达三十年的写实主义推理作品。

部小说堪称宫垣的集大成之作。大家说这是能与小栗虫太郎的《黑死馆杀人事件》、梦野久作的《脑髓地狱》以及中井英夫的《献给虚无的供物》比肩的作品[①]，被誉为“日本推理小说史上的金字塔”。

宫垣叶太郎，真的是推理小说文坛上“无处不在的大师”。

宇多山常常这样想。

宫垣不是那种能获得极高人气的所谓“畅销作家”，然而像他这样超越时代、拥有坚定“追随者”的推理作家，不是比那些昙花一现的“畅销作家”更有价值吗？

宫垣那种独特的审美意识、善于使用炫学的特点与创作观、高雅的文体与颇具深度的人物描写……诸如此类，甚至在纯文学领域也得到了赞赏；但他仍然坚持写“不过是推理小说罢了”的作品，从不动摇。宇多山最喜欢宫垣这种孩子般的执着。

不过是推理小说罢了，但必须是推理小说——他这样说。

他执着地爱着“推理小说”，对它倾注了巨大的热情，甚至可以看到昔日巨人江户川乱步[②]的影子。《为了华丽的没落》发表后，他致力于自己创办的推理小说杂志《奇想》的编辑工作，并投入大量精力发掘新人。

然而，在去年四月，宫垣突然跟手头的所有工作“告别”，处理掉东京的房产，移居到他父亲的故乡丹后。

“这个城市对老迈的我来说太吵了，因为人和信息太多。归隐田园，静度余生，如今正当其时。”离开东京之际，他这样对宇多山说。

---

①小栗虫太郎的《黑死馆杀人事件》、梦野久作的《脑髓地狱》以及中井英夫的《献给虚无的供物》都是日本推理小说史上里程碑式的名作，和竹本健治的《匣中失乐》被称为“日本四大推理奇书”。

②江户川乱步（1894—1965），日本推理小说鼻祖，在一九二三年凭借小说《两分铜币》开启了日本推理小说的新时代。

他宣布，《奇想》的工作全部委托给其他人，自己不再创作小说，小短文之类的约稿也一律拒绝。

这对宇多山来说不啻晴天霹雳。他在杂志编辑部工作了很长一段时间之后，好不容易才回到盼望已久的文艺书籍出版部门，正要想办法说服这位大师写一部久违的长篇小说，却发生了这种事情。

“来看我可以，工作免谈。”前天在电话里约定见面时间时，宫垣把话说在前头，“随笔之类的小文章也恕难从命，去年搬到这儿的时候我已经再三强调过了。”

在私生活方面，宫垣也是个相当顽固的人。尤其是不再发表长篇小说后的这几年，连交往多年的编辑都觉得他越来越难以接近。宇多山分析，或许是由于创作能力衰退，他把焦虑和不安直接呈现到了脸上。

“嗯嗯，我当然知道。”宇多山不想破坏对方的心情，斟酌用词后说道，“这次不谈工作，就是好久不见老师，想去看望一下您。而且正好赶上新年回家，顺便去一下。”

“哦，如此说来，你老家是在宫津吧？”

宇多山的老家在京都府宫津市，家人在著名景区天之桥立附近经营旅馆。每年到了新年或者盂兰盆会，他都要回老家一趟。从那边往丹后半岛里面走，走到名为T**的村庄尽头，就会看到宫垣现在居住的宅邸。

宇多山从继承了旅馆的哥哥那儿借来一辆车，把一起回来的妻子留在老家，只身一人出发。他担心冬天走山路不安全，就绕远路选择了海岸国道。从宫津市内出发，路程不到两个小时。地上到处是雪，不过道路状况还不算很糟。

那个被称为“迷宫馆”的宅邸，是宫垣叶太郎十多年前在这里建造的别墅。

当初，宫垣的确把它当别墅用，每到盛夏都会在这里住一段时间，也多次招待宇多山来做客。这座稀奇古怪的建筑物正如其名，走廊如同错综复杂的迷宫，初次来访的人会因找不到路而仓皇失措。每当这时，宫垣都会露出淘气鬼般的表情，开心地观察惊慌的客人有什么反应。

“顺便问一下，老师真的不想再执笔了吗？”面无表情的女佣送来了红茶，宇多山一边往红茶里加糖，一边小心地问道。虽然在电话里已经答应不谈工作，但作为编辑，还是想请这位“无处不在的大师”创作新作，这是他的真心话。

“哼，你终究还是为这件事来的。”

宇多山原以为宫垣会大发雷霆，但没想到对方看上去并没那么生气。宫垣抽了抽鼻子，皱着眉头，从桌子上的雪茄盒里拿出一根雪茄衔在嘴里。

“您还远远不到封笔的年龄，即便从给不景气的推理界打一支强心针这个意义上说，您也一定要……”

“不要再讲这些强人所难的话了。”说着，宫垣点燃了雪茄，“我已经写不下去了。”

“没这种事，老师还……”

“你太抬举我了。范达因[①]说得对，一个作家很难写出六部以上优秀的推理小说。你知道我这四十年来写过多少，光长篇就超过他说的这个极限的两倍多。”宫垣闭上眼睛，被自己吸进去的烟呛得咳嗽起来。咳完了，他用空洞的眼神看着指间的雪茄，继续说道：“直

①范达因（1888—1939），美国推理小说作家，美国推理文学黄金时代的奠基人之一，其创作理念直接影响了“黄金时代三巨头”之一的埃勒里 · 奎因。

到去年春天为止，我都在认真思考，最终决定放弃继续创作的念头。我已经没有能力写出至少可以让自己满意的长篇推理小说了。即使将近一年过去了，我的想法还是没有任何改变。”

“可是老师，我认为您太谨慎了。”

“你也这么说——我本来就是个胆小怕事的人。比如说，宇多山君，我从少年时代开始就有一个强烈的愿望，想亲手杀个人，可到现在也没能实现。几十年来净写些杀人故事，说起来，这就是那个愿望的‘代偿行为’吧。”

宫垣狠狠掐灭没吸几口的雪茄，直直盯着宇多山的脸。宇多山刚想开口，他立即又说道：“啊，刚才说的是玩笑话。”宫垣微微一笑。“确实……嗯，我变得胆小起来。推理小说是我生存的价值，只要能写，我会一直写下去。但是，我不想在这里写些无聊东西来辱没‘宫垣叶太郎’这个名字，这种想法十分强烈。既然这样，干脆封笔不写了。”

“是啊……”对于这一点，即使是宇多山，也有深刻的体会。

如果能拿到宫垣的新作品，作为编辑来说是一大功劳。不过，如果真像宫垣说的那样，他已经写不出跟他名声相称的作品，那该怎么说？那是对自己——这个热爱宫垣推理小说的自己而言，一种最大的背叛行为。

“别露出那种钻进牛角尖的表情。”宫垣说着，刚才那种严厉的表情缓和下来，“我这个人嘛，说不定什么时候就会改变主意。实际上，我目前有个构想，到时候一定会告诉你。”

“您这话的意思是在为新作打腹稿吗？”

听到宇多山突然提高了声音，宫垣不由得苦笑。

“你真是个只看重利益的人啊。”宫垣把手伸向盛红茶的杯子，“不谈这个了，宇多山君，当初的约定可不是这样的。”

听到宫垣的责备，宇多山感到很不好意思。他躲开宫垣那仿佛从眼睛深处射出的视线，漫无目的地看着房间里的家具。

房间呈正方形，地上铺着象牙色的绒毯，墙壁是凝重的红褐色。房间中央是一套古色古香的沙发，自己现在正坐在上面。这里是被宫垣称为“弥诺陶洛斯”的会客室。

房间最里边靠墙的低矮餐柜上方，挂着跟房间名称相称的装饰——长着两个角的水牛头标本。“弥诺陶洛斯”是古希腊神话中牛头人身的怪物，传说它住在克里特岛上的米诺斯迷宫里；而用这个怪物命名的房间，则位于“迷宫馆”的最深处。

黑色水牛的眼部嵌了玻璃珠，会折射房间的灯光，像活的生物一样发着光。它对反应迟钝的来访者透出阵阵敌意，宇多山不由自主地缩了缩身子。

“对了，对了，”宫垣开口说道，“虽然还没定下来，还是先告诉你吧。”

“啊？”

“你怎么一副战战兢兢的样子？”

该不会是标本的眼睛太吓人了吧……宇多山没把这话说出口，只是暧昧地放松紧绷的嘴唇，摇了摇头。

“四月一号我生日那天，打算在这里举办一个小型的聚会。”宫垣说，“算是庆祝六十岁生日吧。到时候你一定要来，方便的话请你夫人也一起来。”

“当然，我很高兴。”

直到两三年前，独身的宫垣还常常请人到家中聚会，其实就是召集一帮年轻作家或编辑一起喝酒……

“很快我就要发请帖了，你得提前安排好时间。”

宇多山窥视着宫垣没精打采的脸，问道："您还邀请了什么人呢？"

"我还没最终决定，不过人数不多，也许全部都是你熟识的人。"

宇多山的脑海中浮现出好几个人的样子和名字。

"说起来，或许可以给你介绍一个有趣的男人。"

"您说的是……"

"去年年底，因为一件意外的事情，我认识了一个九州什么寺院的人，他排行老三……反正见面就知道了。我想你肯定会对他感兴趣的。"

"好的。"

"那么接下来，你难得来一趟，吃完晚饭再走吧。刚才那个老太婆，别看她那个样子，做饭却很好吃。"

"啊，不了。"宇多山看看手表，"妻子在我老家等着呢。实际上，她怀孕了……我有点担心。"

"哟，我还不知道呢。"宫垣突然把白色的眉毛拧成一团。虽然宇多山知道他讨厌孩子，但不这样说，还真想不到其他拒绝的借口。

"实在抱歉。"

看到宇多山郑重地低头道歉，宫垣露出若无其事的神色，说了句"没关系"，又点上一根雪茄。他只抽了两三口就剧烈地咳嗽起来，只好把雪茄掐灭。

两个人随后又漫无边际地聊了半个小时，宇多山才告辞离开。

这位让人操心的作家身体状况算不算"精神"，宇多山对此难以作出判断。不过，这位作家内心深处还残留着对创作的热情，仅这一点，今天的远行就很有收获。

然而——

宇多山当时自然没有想到，这是他和活着的宫垣叶太郎最后一次交谈。

第一章　迷宫馆的邀请

1

“果然是到春天了，海水的颜色跟我们春节回来时完全不一样。”坐在副驾驶位置上的桂子大声说道。听到这种无忧无虑、如同少女一般的口气，宇多山的嘴角露出了笑意。她比宇多山小七岁——话虽如此，今年也三十三岁了。

顺着桂子的视线，宇多山朝右边广阔的若狭湾瞥了一眼。

确实如此，跟三个月前看到的景象完全不一样。照耀着四方景色的太阳跟那时不一样，微微起伏的海水的蓝色跟那时不一样，随风飞散的浪花的白色跟那时也不一样。

“可我还是更喜欢冬天的日本海，虽然颜色偏暗，却像藏着什么深邃的东西在里面。宇多山君，你怎么看？”

结婚已经四年了，桂子还以“宇多山君”来称呼丈夫。等到夏天，第一个孩子出生之后，这种称呼方式大概会改变吧——宇多山一边想着诸如此类的事情，一边考虑怎么回答妻子的问题。

“冬天的大海啊，我首先想到的是可怕。上小学的时候，堂哥在冬天掉进大海淹死了。他去海里钓鱼，‘啊’的一声就被波浪吞没了。”

“嗯，以前听你说过。”

“好像是说过。”

四月一日，星期三的下午——

宇多山英幸与妻子桂子一起，在前往迷宫馆的途中。

跟年初拜访时一样，还是走沿海岸的一七八号线，还是开着从哥哥那里借来的汽车。

宫垣叶太郎的秘书井野满男的信，正好在两周前寄达，那是邀请宇多山参加宫垣六十大寿聚会的请柬。

时间定于四月一日下午四点，地点是宫垣家的“迷宫馆”，晚上住宿也安排在同一个地方，具体事宜可以跟井野联系——请柬上是这么说的。

聚会的事情在春节时就听宫垣讲过，所以宇多山提早调整了自己的工作安排。请柬中邀他“把妻子一起带来”，他愉快地接受了这个邀请。宫垣在东京时，宇多山曾向他引见过桂子，因此桂子跟宫垣早已相识；另外，桂子怀孕情况良好，正处于稳定期。

只不过，宇多山对参加聚会的人数还是有些担心。

尽管宫垣说过没有多少人，可宇多山觉得如果人太多的话，就不打算带桂子去了。桂子不算内向，不过比较怕见生人；再加上身体状况特殊，生人太多对她不大好。不过，他跟平时住在东京的井野满男通过电话后，总算放下心来。包括他们夫妇在内，参加聚会的人预计是八名，而且几乎都是桂子认识的人。

“喂喂，接下来还有多远啊？”大概是看腻了窗外的景色，桂子边打哈欠边问。

“不到一个小时就能到了，再往前走一点就是丹后半岛最北端的经之岬了。”

“宫垣老师隐居的乡村真偏僻，虽说上了年纪，但也不至于离开东京来这种地方。对我来说真是难以理解。”

“他的老家好像就在这儿。”

“虽然话是这么说——”桂子思考着，“他不寂寞吗？”

“我喜欢孤独，这是老师的口头禅。”

“他一直独身，又说不喜欢孩子，果然是个十分奇怪的人。”

“说奇怪确实是奇怪，但他并不是坏人。”

“嗯，我明白。以前好几次去他位于成城的府上拜访，他都笑眯眯地跟我说话。”

“因为他好像很喜欢你嘛。”

“是吗？”桂子不好意思地微笑着，然后又自言自语说着，“他不寂寞吗？”

“不过，老师年轻时很有女人缘吧？”桂子又问道。

“好像是。”

以前好几次听说宫垣在女性关系方面的传闻——

听说宫垣年轻时是个引人注目的美男子。即使过了中年，他本人如果有这种念头，想找个女人应该也不成问题。不过这几年来，这方面的传闻基本上没再听到过。

“想结婚的对象一个都没有吗？”

“嗯……”宇多山眼前突然浮现出三个月前宫垣的样子，不由低声叹息。

孤独的老人，这个词跟宫垣现在的形象重叠在一起；宫垣还在东京的时候，宇多山从来没有产生过这种感觉。

“一旦隐居了，果然还是会寂寞啊。”桂子说，“把我们叫过去参加聚会，就是因为寂寞啊——今天参加聚会的人都是老师喜爱的人。”

“是啊。”

宇多山看着妻子的侧脸，把通过电话从井野满男那里听来的参加者名单复述了一遍。

“须崎昌辅、清村淳一、林宏也、舟丘圆香，还有鲛岛智生——这五人你都见过吧？”

“嗯，都是作家呢。”

“鲛岛是评论家。”

“都一样嘛。等一下，我记得他们的笔名是……”

桂子微微闭上眼睛，用食指点着自己的额头，把五名作家和评论家的笔名依次说了出来。

须崎昌辅、清村淳一、林宏也、舟丘圆香、鲛岛智生。

宇多山刚才说的名字，全是他们的真名。五个人都是从宫垣叶太郎主办的《奇想》杂志出道的，在写作时都用了跟本名不同的笔名。

不过，他们的“老师”宫垣叶太郎不知何故，就是不喜欢用笔名。宫垣说，笔名仅仅写在纸上的话还可以接受，但在日常生活中也用来彼此称呼就太恶心了。

然而，宇多山是赞同使用笔名的。

对于编织脱离现实的梦幻（或者说噩梦）世界的作家而言，确实需要一个合适的面具。如果宫垣讨厌笔名只是个人好恶也就罢了，可他是对笔名这种形式持根本的否定态度，宇多山对此觉得不可思议。也许，宫垣坚持用父亲给自己起的名字，并对后辈做出同样的任性要求——宇多山也这么想过。

因此，宫垣叶太郎的“弟子”们在“老师”面前从不以笔名互相称呼，责任编辑也一样，这从很早开始就是一个不成文的规矩。

“一、二、三、四……”桂子一边扳着手指一边嘟囔着数人数，突然，她“喂”了一声，看着开车的宇多山。

“连我们在内，参加聚会的人一共有八个，还有一个人是谁？”

“啊……”宇多山从衬衫胸部的口袋里掏出香烟，“我也不大清楚，好像既不是作家也不是编辑……对了，是个什么寺院的和尚。”

“和尚？”桂子的眼睛瞪圆了。

“春节去拜访老师时，他是这样告诉我的。说是个有趣的人，我一定会喜欢他。”

“是吗？”

“有一位未知的人物将会登场，也不错嘛。”

“那倒也是……啊，不行，宇多山君——”

宇多山正准备点燃叼在嘴上的烟，听桂子这么说，手停了下来。

“不好意思，不知不觉就……”

桂子怀孕期间是禁止吸烟的。

“那么，我们稍微休息一下吧。啊，那是经之岬吗？”

就在右前方，向着大海微微隆起的山丘上面，灯塔的影子若隐若现。宇多山点点头，把车停在路边。

2

白色的公路护栏勾勒出一道海岸线。粗糙的黑色岩石沿海边延伸，波浪拍打岩石发出悦耳的声音。虽然风中还带着寒意，但灿烂的阳光照在外套上，让人感到暖洋洋的。

春天到了——宇多山切实感受到了这一点。上一次在这样的季节回到这个地方，究竟是哪一年呢？

一团尼古丁从肺部补充到血液中，宇多山对着大海伸了个懒腰。置身于如此明媚的景色中，宇多山觉得自己好像有点理解老作家离开喧闹的东京，逃到这个地方的心情了。

这时，从背后传来脚步声，他以为是桂子从车上下来了。

“呃……不好意思……”出乎意料，是个低沉的声音。

宇多山大吃一惊，转过头来。

“实在抱歉，能帮个忙吗？”一个陌生的男人站在那里。

他的年纪比宇多山小——大概三十六七岁，黑色牛仔裤的上面是一件蓬松的黑色毛衣；黝黑而瘦削的脸上长着一个大鹰钩鼻；浓浓的眉毛下方眼窝深陷，眼睑微微下垂，眼睛眯成一条缝。

“不好意思，吓到你了。”男人突然低下头。

这个人又瘦又高，低下头的时候，身材矮小的宇多山才可以平视他。

“请问发生什么事了吗？”宇多山一边观察这个男人，一边有礼貌地问道。

男人一边轻轻挠着卷曲的头发，一边回答道：“我的车出问题了。”

他很不好意思地朝公路那边指了指。

公路前方有个往左的弯道，左边的山崖突出来遮住了道路。往那个方向看过去，隐约能看到一辆红色汽车的尾部。

“是轮胎爆了吗？”

“不，可能是变速器坏了。”

“啊，那就麻烦了。”

“想请人来修理，可附近又没有电话亭，我实在束手无策。可以的话，能否麻烦把我带到一个有电话的地方？”

“原来如此。”宇多山点点头，重新打量起对方的样子。刚碰面的时候，他感觉对方挺可疑的，但这个人的言谈举止没有什么奇怪的地方，而且还很容易让人产生好感。

“没问题，请上车吧。”

宇多山往自己的汽车走去，又看了看手表。现在是下午两点五十分，离约定的时间还早。

“唉，发生什么事了？”桂子从汽车里下来，歪着头问道。

“说是汽车出问题了。”

“啊，不好意思。”男人站在宇多山身边，向桂子挥挥右手，又看看自己的手表。

“不过……真麻烦呢。”他嘟囔着。

“你有什么急事吗？”

“是啊，和人约了四点见面，不去不行。”

“哦，四点吗？”跟宇多山他们的聚会时间一样，“要到什么地方去呢？”

“到一个叫 T** 的村子尽头的……”

宇多山心里一震，停下脚步，又一次打量起对方来。

“难道说，你要去的地方，是作家宫垣叶太郎老师的……”

“啊？”男人也停下脚步，茫然地回过头来。

宇多山慌忙说：“啊，我说错了吗？”

“没有，没有，正是那个地方。”男人露出亲切的表情，“这么说来，我们是同路啦？”

“好像是的。”宇多山低头行了个礼，“我是稀谭社的编辑，叫宇多山。那是我妻子桂子。”

“真是巧，我叫……”

如果说今天宫垣家里招待的客人之中还有不认识的人，那也只有这一位了。

“你是哪个地方的和尚吧？不过，看起来不像啊。”气氛在不知不觉间变得十分融洽，宇多山用开玩笑的语调说起话来。

“是从宫垣老师那里听说的吗？”男人露出洁白的牙齿，报出了姓名，“我叫岛田洁，初次见面，请多关照。”

宇多山知道，沿公路再往前走一点，有一个小招待所。两人商量了一下，决定暂时先把故障车拖到那里，请那边的人代为保管。然后，岛田坐宇多山的车前往迷宫馆。

跟招待所的负责人讲完这件事，岛田坐到宇多山车子的后座上已经是下午三点半了。宇多山估计四点正好能赶到，赶紧把车子发动起来。

“哎呀，你可真是帮了我大忙。宫垣老师特地邀请我，如果我还迟到几个小时，肯定会让他讨厌。”岛田露出放下心来的样子，“宇多山先生刚才说自己是稀谭社的编辑，那么你一直是宫垣老师的责任编辑吗？”

“是的，我和宫垣老师往来将近二十年了。”

“那么，那个‘华没’你知道吗？”

“华没？”宇多山对这个词毫无印象，不由得歪了歪头。

“啊，真不好意思。”岛田害羞地笑了笑，“是宫垣老师那部杰作，《为了华丽的没落》。”

坐在副驾驶位上的桂子忍不住扑哧一笑。

“华……没……哈哈，原来如此，人们是这样称呼那部作品的。”

“一般人我不清楚，但至少学生中那些宫垣的粉丝是这么叫的。我在大学的推理协会里有认识的人，所以知道。”

“呵呵，那么你也是个铁杆粉丝吧？”

“哪里哪里，我还不算铁杆粉丝。不过，读老师的小说比在寺院里帮他们念佛经……”

这个叫岛田洁的男人确实是某个寺院的和尚，尽管从外表看很难想象。

“你跟宫垣老师是怎么认识的？”桂子问道。

“我只是一个热心读者——就是一个粉丝。”岛田小声回答道，“宫垣的作品，无论是小说还是评论，我全都读。啊，这么一说我想起来了，‘宇多山’这个名字，我好几次在书的‘后记’中看到过。是吧，宇多山先生？”

“深感荣幸。”宇多山瞥了一眼，映在后视镜中的岛田的脸可谓天真无邪。

“听说你和宫垣老师在去年年底因一件意外而相识，到底是什么事情呢？”

“怎么说好呢？”岛田一时不知道怎么回答，过了好一会儿才说道，“我原本是宫垣叶太郎的粉丝，而去年与他相识的契机……怎么说呢，好吧，可以说是建筑物把我们拉到一块去了，就是这种缘分吧。”

“建筑物？你说的是迷宫馆？”

“嗯嗯。”岛田点点头，他的表情突然变得严肃起来，“你听说过‘中村青司’这个名字吗？”

“中村……”

好像在哪里听过这个名字，但一下子又想不起来。岛田沉默地窥视着宇多山的反应。

“我知道。”桂子分开交叉在腹部的双手，开口说道，“在什么杂志上看到过，那人是个古怪的建筑师……”

终于想起来了。

中村青司。

宇多山也有印象，自己曾经在报纸和杂志上见过这个名字。那是个已经去世的古怪建筑师，他设计的建筑物有好几幢，而且……

“你说的是那个中村青司吗？”宇多山一边琢磨岛田为什么突然提起这个名字，一边开口，“那么岛田，难道说……”

“看样子你还不知道啊。”

到底出于什么原因才提起这个名字呢？还是说只是巧合？岛田一改此前爽朗的口吻，郑重其事地说道：

“我们现在要去的迷宫馆，也是中村青司亲手设计的。”

3

从 T** 村庄尽头往山的方向走，会进入一条狭窄的土路。从郁郁葱葱的灌木丛间的缝隙穿过，就能看到宫垣家的正门出现在右边。

从开放式铁栅栏进去，左边是个很开阔的停车场，那里停着两辆车。

一辆是以前见过的、宫垣的黑色奔驰，另一辆是老式的白色卡罗拉[①]。按说今天的客人之中，除了宇多山，应该没有开车来的。这么说来，除了计划的八人以外，还有人前来拜访。

①丰田汽车公司于一九六六年推出的一款轿车，一九九七年起成为全球销量最多的汽车。

下车之后，他们沿着两旁种满松树的昏暗小道往前走，很快就来到了一幢仿佛由岩石块垒成的建筑物前。

“那是正门？”桂子指着建筑物，吃惊地说，“好可怕……叫人毛骨悚然。”

“正是老师喜欢的氛围。”

“嗯，不过这也太小了吧？里面真的有迷宫吗？”

一眼看上去，确实是幢非常矮小的建筑物。

建筑物大约四米宽，高度只有三米左右，就像岩石建造的小祠堂一样。越过两侧低矮的石墙往外看，只能看见一片大煞风景的平地延伸到远方——难怪桂子会心生疑惑。

“哎呀，夫人是第一次来吗？”走在两人后面的岛田问道。

“是的，我今天才……”

“那只是个正门。”宇多山向桂子说明。

“只是个正门？”桂子用手拢了拢头上柔顺的短发，望着走在旁边的宇多山的脸，“这什么意思？”

“就是说，迷宫馆的主体建筑在下面——在地下。”

“在地下？”

在十年前，宇多山第一次到这里拜访宫垣时，事先已经知道迷宫馆是建在地下的。所以，当时他一看到这个地上的“入口”，马上就想起以前去德国旅游时参观过的林德霍夫宫[①]的维纳斯神洞[②]。

三个人沿小路朝正门走去，走近了才看到“祠堂”对着的那一

①林德霍夫宫（Schloss Linderhof）是位于德国巴伐利亚州西南部的一座皇宫，于一八七四年到一八七八年间由路德维希二世所建。

②维纳斯神洞（Venus Grotto）是林德霍夫宫后面一个人工修建的洞穴，路德维希二世喜欢在里面欣赏瓦格纳的歌剧。

大片空地的状况。

石墙围住了超过两百坪的空地，墙内地面上埋了很多高约一米的“金字塔”。金字塔上是用铁条固定的厚玻璃窗。眯着眼看，整个地面仿佛是一片青黑色的波浪在翻滚——这就是地下建筑物的屋顶。

正门是用长方形的灰白色花岗岩拼成的。坚固的青铜格子门深处是用巨大的石头——恐怕是水泥做的仿制品——砌成的对开门。

格子门前方的右侧放着一座齐胸高的大理石像，下半身是有四条腿的野兽，上半身是人的模样。不是牛头人身，而是牛身人头，这就是弥诺陶洛斯。但丁对古希腊神话中怪物的形象理解有误，结果产生了这种异形中的异形。

“把手伸进它嘴里看看。”宇多山指着石像的头部对桂子说道。

“啊？”桂子一脸疑惑地看着石像，“为什么……”

“好了好了，总之把手伸进去摸摸看。”

怪物的头部是一张英俊青年的脸，张大嘴仿佛在呼喊什么。桂子慢慢把右手伸进去——突然，她“啊”地叫了一声，回过头看着宇多山。

“你说的是这个？”

“对，就是这个。”

“可以拽吗？”

“可以。”

“哈！”站在后面注视着他们的岛田说道，“原来如此！是个门铃吗？”

这是宫垣的拿手把戏，他把正门门铃的开关装在弥诺陶洛斯的嘴里。

不久，里面的石门打开了，出来的是一个上了年纪的女佣。宇多山三个月前来访时见过她。

“我是宇多山英幸，这是桂子，那边是岛田洁先生。”

“哦。”女佣慢吞吞地回答，打开了外面的格子门。看样子她已经不记得宇多山了。

“请进。”老妇人用嘶哑而冷淡的口气招呼三个人进门。

虽然她看起来已经上了年纪，但可能也没有“老妇人”这种称谓对应的那么老。她身材略胖，体形矮小——桂子已经是小个子了，可她比桂子还矮。看着她摇摇晃晃地朝地窖般的建筑物深处走去，宇多山虽然觉得自己这么想很失礼，但还是忍不住联想到《巴黎圣母院》中的驼背男人。

穿过石门就到了门厅，门厅两侧的墙壁全是裸露的黑色岩石，天花板由直径约两米的环形彩色玻璃构成。天花板中间的枝形吊灯没有打开，凉飕飕的门厅里只有透过彩色玻璃照进来的自然光。

“其他几位客人来了吗？”现在已经过了约定的时间。

女佣却答非所问地说：“请进。”她把矮小的身体转了个方向。

对面尽头有两扇门，正中间的门和正门一样是青铜格子的样式，是通往主体建筑的入口；另外一扇在右边的小门是木制的，可能是仓库之类的地方。

三个人跟着女佣进了中间的门。

眼前是个直通地下的宽阔楼梯，上面铺着厚厚的地毯，走上去一点声音也没有。

“这是前往另一个世界的道路呀。”桂子在后面小声说道。

“正是这样。”桂子身后的岛田说道，“去年第一次到这儿来的时候，我深受触动。这才是‘华没’的作者应该住的地方，这才符合‘中村青司’这个名字。”

中村青司。

从岛田嘴里再次听到这个名字，宇多山突然产生了一种隐隐约约、难以名状的不祥预感。

中村青司。

脑海中浮现出中村青司设计的奇妙建筑物。十角馆、水车馆……还有听来的在这些馆里发生的事件。

岛田刚才提到的、由建筑物而起的缘分，到底是什么意思？他只是对建筑师中村青司感兴趣，进而知道宫垣叶太郎居住的迷宫馆也是这位建筑师的作品之一吗？还是有其他更深的含义？

阶梯的尽头是一个小小的前厅——藏青色的地毯，灰色的石壁，高高的天花板上微弱的灯光，越发使人感到这里像个地窖。

正对面是一扇紧闭的大门，有着纯黑色的木头镶边，中间嵌着样式质朴的玻璃。

女佣把短短的手伸向门把，打开了门。里面是一个大厅，昏暗的狭长空间让人的视野一下子开阔起来。

“请进。”女佣退到一边，催促三个人进去。

宇多山带头往里走，突然——

“救命啊！”

痛苦的呻吟声。几乎与此同时，有个人从右边扑通一声倒向宇多山。

“哇！”宇多山大叫一声，慌忙躲开。桂子也发出了短促的尖叫声。倒下的人由于失去了支撑，只能屈膝倒卧在地板上。

“清村？！”

倒地的男人把脸埋在绒毯里，不过仍然能看到整张脸已经扭曲变形。看到这个场景，宇多山惊慌不已。

“到底是……”

“怎么了？你说什么？”桂子紧紧抓着这个人上衣的袖子。

“救、救命……”

倒在地上的男人——清村淳一——又痛苦地呻吟起来。

“究竟发生了什么事情？”

看到宇多山连提包掉在地上都没察觉到，只是呆呆地站在那里，岛田连忙从他旁边跑过去，冲到清村身边。

“没事吧？挺住！”

随着肩膀被摇动，清村微微睁开眼，用空洞的眼神看着弯着腰的岛田。下一个瞬间，他的眼睛又微微动了动，向上看着依然呆若木鸡的宇多山。

“宇多山君……”

清村的嘴唇在颤抖，嘴角上沾着红色的黏稠物。这一幕让宇多山头昏目眩。

（那是……血？）

（啊啊，那样的事情……）

十角馆、水车馆……中村青司这些屡屡发生惨剧的“作品”。难道，这次轮到迷宫馆以这种唐突的形式发生惨剧了吗？

“岂有此理！”宇多山大声喊叫着，绕过倒在地上的清村，往大厅里侧跑去。“究竟发生了什么事？！”

4

在呈L形的大厅中，应邀而来的客人零零散散地坐在各处。他们不约而同地把目光集中在惊慌失措、脸色苍白的宇多山身上。

鲛岛智生在房间里。

舟丘圆香在房间里。

须崎昌辅在房间里。

只有林宏也不在，但此时宇多山已经无暇顾及这些了。

“你好啊，好久不见了。”坐在左前方沙发上的鲛岛智生夹起雪茄，轻松地举了举手，“听说夫人有喜了，预产期是什么时候啊？”

这种若无其事的语气让宇多山备感狼狈。他装着没听见鲛岛的话，惶惑不安地回头看了看门口。身穿绿色开襟毛衣的清村还趴在地板上，蹲在旁边的岛田不解地朝这边望着。

“这——”宇多山转过头来，冲着房间里的人问道，“这究竟是怎么回事？”

须崎昌辅背靠着墙上的一面大穿衣镜，坐在右边靠里的躺椅上。面对宇多山的问题，他一言不发，摆出一副漠不关心的样子，把身子蜷成一团，重新让目光回到膝头翻开的书上。

舟丘圆香坐在他前面的大桌子旁，用手托着下巴，往宇多山这边望了望，马上麻利地站起来。她身穿黑色连衣裙，是位容貌美丽的女性。

“你好啊，宇多山君。”

她那涂着鲜艳口红的嘴唇洋溢着微笑，朝着宇多山的方向走来。那种从容不迫的态度跟背后发生的事件形成了巨大反差，这令宇多山越发手足无措。

“够了，清村。”圆香对着倒在地上的男人瞥了一眼，“这里有第一次来的客人，你太失礼了。”

听到她这么说，宇多山才渐渐明白是怎么回事。他生硬地“哈哈”一笑，一边舒缓着心情，一边回头看向大门的方向。

“原来是这么回事吗……”

宇多山话音刚落，躺在地上的清村突然站了起来，把旁边的岛田吓得瞪大眼睛。

“不好意思。不过，我的演技还不错吧？”清村用手绢擦了擦嘴角上的红色污渍，爽朗地笑着。

“我说过不要这样做，你真像个小孩子。”

“好啦，没关系。”

“恶作剧做得有点过火了，对于这一点，我……”

“舟丘女士，你这话讲得太过分了。”

岛田看着清村和圆香争论不休。

“哈，我被骗了。”岛田直起细长的身躯，两手交叉环抱后脑，“是愚人节的玩笑啊。”

“嗯，你是寺院的老三吧？可你并不是和尚嘛。”

“是的，不过到了盂兰盆节啊、春分秋分啊这些繁忙时段，就得帮帮老爸的忙……”

“那平常你干些什么呢？”

“游手好闲吧。”

清村淳一对自己在四月一日的小把戏取得成功感到满足。被骗的岛田也不生气，反倒露出一副愉快的样子。在桌旁坐下之后，初次见面的两个人就有说有笑地聊了起来。

“寺院是由令兄继承吧？”

“不，这个问题很微妙。”

“你的意思是……”

“说出来的话就是自曝家丑了——老大目前处于不知所踪的状

态。他叫岛田勉，十五年前突然跑到海外去了，至今还没回来。”

这对于家族来说是个很严重的问题，可岛田说起来却像讲笑话似的。清村夸张地摊了摊手。

“这可是个大问题呢。”

“而且，我二哥也丝毫没有继承寺院的意思，目前做的工作基本上和佛法没关系。”

“那是什么工作呢？”

“跟今天聚会的各位不能说毫无关系，每天都是偷窃啦、杀人啦什么的。”

“哈，也就是说……”

“是大分县警察局搜查一课的警部。”

“呃，那么确实……”

清村淳一，现年三十岁。

四年前，他入选《奇想》杂志新人奖，从此步入文坛——获奖作品《吸血森林》是以干练的笔法描写超自然题材的佳作。他身材修长，一张清秀的椭圆形脸庞，特别容易给人留下“是个爽快好青年”的印象。然而，宇多山知道他并不好应付。

“上当啦。”鲛岛跟并排坐在沙发上的宇多山和桂子搭话，“我第一次看到宇多山君露出那么惊慌的表情。”

“哎呀，真不好意思。”

“那家伙特地从厨房弄来番茄酱，真拿他没办法。不过，到底是演员，演技真是炉火纯青。”

“啊，他是演员？”桂子问宇多山。

“好像在一个叫‘暗色天幕’的小剧团里待过，不过现在已经不干了。”

“我也吓了一跳。”

“太突然了。”

“不过，你不觉得那个当女佣的老婆婆很不简单吗？”说着，桂子又看了看入口左边那扇门。那扇门通向厨房，老妇人刚刚从那里进去。

“她的脸色变都没变，不会是老年痴呆吧？”

“那个人就是这样子。”鲛岛苦笑道，“除了可以得到薪水的工作，其他一概不关心。宫垣老师好像就喜欢她这一点。说起来，刚才那场骚乱已经是第二次了。”

“哦？”宇多山往后仰了仰身子，苦笑起来，“鲛岛老师也是受害者之一吗？”

“不，我是第一个来的……清村君比舟丘小姐迟一点，第三个到。”

“那，须崎老师呢？”

须崎昌辅，现年四十一岁。

他是今天到场的宫垣叶太郎的“弟子”中最年长的人，擅长写以中世纪欧洲为背景的正统本格小说；但他写作速度太慢，编辑都对他敬而远之。

“清村君开玩笑的话，应该先看清对象是谁。”鲛岛小声说，“须崎君好像很生气，一直不说话。”

“好像是这样。”宇多山回头看了看须崎，只见他仍然坐在靠里的躺椅上看书。

他戴着黑边眼镜，露出神经质的表情。瘦小的身材配上咖啡色的毛衣，越发显得驼背——宇多山想象着他对清村的“出色表演”会是什么反应，但怎么想也想不出来。

“林君好像还没到嘛。”

已经快四点半了。听了宇多山的话，鲛岛一言不发，只是微微点点头，然后掏出一根香烟衔在嘴里。桂子的眼睛一直瞧着那只掏烟的手。宇多山想请鲛岛尽量不要抽烟——

“啊，不好意思。”在对方开口前已经察觉到了，评论家关掉了打火机。

“谢谢，真过意不去。”宇多山低下头说。

“据说抽烟会使早产率升高。”鲛岛沉稳地回应道，又对着身穿浅蓝色孕妇装的桂子笑了笑。

“怀孕六个月了吧？”

“预产期是八月。”桂子答道。

“太好啦，是男孩还是女孩？最近听说可以用超声波检查出来。”

“不，我们不想查。”

“你家的——叫洋儿君吧，身体还好吗？”宇多山问。

“啊，那个……呃，托你的福，还不错。”评论家虽然嘴里这么说，但脸色已经暗淡下来。

洋儿是鲛岛唯一的儿子，今年九岁，宇多山曾见过一次。这孩子一出生就患了严重的精神发育迟滞症，身体状况好像也不大稳定，现在应该在某个疗养院接受治疗。

“身体结实多了，但这孩子一直生活在单亲家庭，所以我很担心他在情绪方面……”

“真不容易啊。话说回来……”宇多山发觉自己提出了一个糟糕的话题，于是赶紧转移目标，“宫垣老师还没露面吗？”

“是啊。”说着，鲛岛把香烟盒放回上衣口袋，“我是三点左右到的，还没看到他。”

“哦，这有点不对劲呀。”

这时，宇多山想起了外边停车场里的汽车。

“鲛岛老师是怎么从东京过来的？”

“我昨晚乘新干线到京都，在那边住了一晚，今天早晨从京都出发。”

“坐火车来的吗？”

“当然。那又怎么了？”鲛岛的眉毛皱成一团，盯着宇多山。

“在座的还有哪位是开车来的吗？”

“我想没有。须崎君应该还没拿到驾驶证，清村君和舟丘君说是从车站乘出租车来的。”

“果然如此。”宇多山抱着双臂，试着考虑另外一种可能性，“那个女佣住在这儿吗？”

“好像不是，听宫垣老师说她住在村里自己家中，每天过来。”

“她是开车来的吗？”

“车？啊……”这时鲛岛似乎明白了宇多山的意思，“你是说停车场里的那辆卡罗拉吧？”

“对，我在想那到底是谁的车。”

“其实我也感到有点奇怪。角松——就是那个女佣，她叫角松富美祐——好像是从家里走路到这里的。”

“走路？”桂子插话说，“那可是好长一段距离呢。”

“听说如果是下雨或者下雪的日子，她要么住在这里，要么宫垣老师开车送她回去。”

“这么说，就只能认为是……”说着，宇多山不由得朝大厅看了一圈。

“你们在说什么？”

舟丘圆香听到三个人的谈话，走了过来。

舟丘圆香现年三十岁——和清村同岁。她虽然长得小巧，但身材十分丰满，一头美艳的长发直垂到胸口。五年前初出茅庐时，这位年轻貌美的新人女作家受到极大关注，但其后好像一直处于创作的瓶颈期。

“我们在讨论停在外边的那辆卡罗拉到底是谁的。”宇多山回答道。

“好像不是我们这些人的。”

“不是井野君的吗？”

“他的爱车是‘序曲[①]’吧？”鲛岛说。

圆香不置可否地耸了耸肩。

“那么，是说还有其他人来了吗？”

“好像是这样。”

厨房的门打开了，女佣角松富美祐端着茶走进大厅。她把茶放在岛田和清村面前的桌子上，一言不发地转身离开。宇多山想问问她还有个客人是谁，但看到她那冷淡的态度，只得放弃这个念头。

这时，大厅里响起了清脆的钟声，好像是大门口的门铃响了。正要回厨房的富美祐听到钟声，转身朝入口的对开门走去。

“是林君来了。”圆香一边说，一边窥探清村的动作。

果然，清村笑嘻嘻地从椅子上站起身来，脚步轻快地朝厨房跑去——肯定又是拿番茄酱去了。

林宏也是几个作家中最年轻的，今年二十七岁。他身材瘦小，温顺老实，是个柔弱的年轻人。清村的恶作剧对他来说再合适不过了。

“看样子他又打算搞恶作剧了。”圆香愕然低语，“真是个笨蛋。”

①本田公司的一款汽车。

5

林宏也头发乱糟糟的，胡须也不刮，身上搭着一件皱巴巴的大衣，是名副其实的“第三个受害者”。他到来之后，应邀的客人全部到齐了。大家一边喝着角松富美祐端来的茶，一边等迷宫馆的主人露面。

然而，从约定的四点等到五点，仍然不见宫垣出来，连他的秘书井野满男也没有在这个大厅出现。

“难道井野君还没来吗？”宇多山不安地问道。

鲛岛马上否定了他的话。“我刚到不久时，他来过这里一回。”

“是这样吗？那时他有没有说什么？”

“没有，他什么也没说。不过，这么说起来，我觉得他当时有点坐立不安，像在担心什么。”

“莫非发生什么不好的事情了？”

“不好的事情说的是……”

“比方说，宫垣老师的身体不太好。”

宇多山的脑子里又浮现出三个月前，老作家自评身体状况时抽搐的笑容。

“的确有这种可能。”鲛岛用担忧的语调说道，“上个月的月初我才应邀来过这儿，当时也感觉他的样子好像很痛苦。”

在宇多山的印象中，鲛岛智生是个脚踏实地的文艺评论家，在今天到场的五个人中最受宫垣信赖。这两个人曾在这个馆中夜以继日地讨论推理小说，谈了整整一个夏天，成了广为流传的佳话。鲛岛比须崎小三岁，今年三十八岁，但比须崎更早认识宫垣。十年前在《奇想》杂志第一届新人奖评论类作品评选中，鲛岛受到宫垣的高度评价，并以此为契机开始了职业生涯——此前他在东京都一所高中担任数学老师。

鲛岛长得不高不矮，身材纤细，短发下是一张轮廓清晰、充满知性的脸。如果穿上白衬衫，再年轻几岁，称其为“俊美青年”也不过分。

“春节我看望他时，也感觉他精神不太好。”宇多山说。

“上个月我也有同样的感觉。”鲛岛压低声音说，“他说自己上年纪了，甚至还谈到了死后的事情。”

“死后的事？”

“是的，他还提到设置‘宫垣奖’的事情，说打算把全部遗产作为这个奖项的基金。”

有关“宫垣奖”的事，宇多山以前也曾听说过。就像江户川乱步设立以自己名字命名的文学奖一样（虽然运营方是当时的日本侦探作家俱乐部，但资金全部由乱步个人捐赠），宫垣也公开声称要用这种形式把自己的名字留在这个世界上。

“全部遗产——是很大一笔钱呢。”

“是啊，他在东京还有一块土地，按现在的价格算有十几亿日元，也许更多……”

“那么多！”桂子瞪圆了眼睛。

“他没有亲戚吗？”

“应该没有。”宇多山答道。

桂子露出一个恶作剧般的笑容。

“如果大家都来争夺这笔钱的话，说不定会变成杀人事件。”

“也有这种可能。”

已经五点多了——

房间右边的门开了，秘书井野满男终于现身了。

“非常抱歉，让大家久等了。”井野口齿清晰，声音充满质感，每个人都听得到。

他身穿灰色西装，略显稀疏的头发梳成三七分，一看就是个认真的人。

“出现了一些意外……刚才我一直在考虑该如何处理，耽搁到现在，真是抱歉。”

“意外？”离门最近的须崎昌辅在宇多山抵达之后第一次开口，发出耳语一般的声音，“是不是出事了？”

“是的。”井野深深地点了点头，缓缓环视着大厅里八个人的脸。然后，他那对大象一样的小眼睛失去力气般垂下，盯着自己的脚尖，咬住嘴唇宣布：

“宫垣老师在今天早晨自杀了。”

第二章 写作比赛·迷宫馆事件

1

吵吵嚷嚷的房间顿时安静下来。

坐在躺椅里的须崎昌辅抬起头，把目光从膝盖上的书中移开，眼镜镜片深处那双眼睛不停眨着。坐在桌子一角、缩着身子的林宏也张着嘴，半天都没有合上。清村淳一在椅子上差点摔下来。他旁边的岛田洁刚才还在桌子上忙着把手指动来动去，此时也停了下来，凝视着井野满男。

这边沙发上的人也是同样的反应。

鲛岛智生和舟丘圆香探出身子，就像凝固住了一样。桂子听到井野的话，呼吸仿佛都停住了。至于宇多山，更是扭头看着井野，接着无意识地把手伸进上衣口袋去掏香烟。

“哈哈，哈哈哈……”最先发出声音的是清村，他目不转睛地盯着站在门口的井野的脸，一只手拍拍桌子，站了起来。

“不行哟，井野君，我可不吃这套。”他用戏谑的口吻说道。

“你在说什么？”秘书皱了皱眉头。

“别装糊涂了。”清村露出白白的门牙，“愚人节游戏，我们已经玩腻了。”

这句话让气氛缓和下来。圆香说着“真会开玩笑”，又重新靠在沙发上。

“不过，老师好不容易想出这么个主意，我们不理睬也不好。喂喂，我们就适当……”

“你这种误解真让我困扰……”井野用愤怒的目光盯着清村，接着像为了尽力保持冷静似的，用手捂着嘴，低声咳嗽了一下。“这不是开玩笑，就算是愚人节，我也不会说出这种恶劣的谎言。”

“但是……”清村话没说完，血色已经从脸上退去了，“这么说，难道是真的？”

井野严肃地点点头。“很遗憾，宫垣老师确实已经去世了。”

全场再次陷入沉默。应邀而来的客人们各自在想什么呢？

“井野君——”宇多山轻轻拿开桂子抓着自己袖子的手，从沙发上站了起来，“让我再确认一下可以吗？你说宫垣老师今早去世了，而且是自杀，是吗？”

“是的。”秘书毫不犹豫地答道。

“真的是自杀吗？”

“这一点绝对没错，看样子是在寝室的床上服下了大量安眠药。”

房间里响起一片叹息之声。宇多山朝着井野走过去。

“有遗书吗？”

“有。”

“医生呢？请医生来了吗？”

“医生已经来了，而且死亡诊断书也写好了。”

医生已经来了——井野这句话很容易让人想起停车场多出的那辆车。

（那是知道出事后赶来的医生的车吗？）

“警察呢？”须崎昌辅在躺椅上抬头看着井野，“已经通知警察了吧？”

“关于这一点，”井野往前踏出一步，面带难色地看着房间里的人，“本来应该立即通知警察，但我们似乎处在某种非常特殊的状况之下……”

“我听不明白。”

“这个嘛……在这个场合不方便说明。”

“既然是非正常死亡，那就有必要通知警察，我这就去打电话。”说着，须崎站了起来。

“请等一下。”井野举起手制止了须崎，“确实如你所说，我们得通知警察。不过，我刚才已经说了，目前的情况很特殊……也就是说，暂时不要告诉警察，这是刚去世的宫垣老师的遗言。”

“老师的遗言？”

“什么啊？你在说什么？”圆香从沙发上站了起来，“我越听越糊涂啦！”

“请大家安静下来！”井野制止大家七嘴八舌的议论，说道，“总而言之，在这里说再多也没用。请各位到老师的书房来一趟，在那里我会把一切说清楚。”

“什么啊？”岛田洁脸色黯然地嘟囔着，这嘟囔声连宇多山都听到了。只见身材纤细的岛田站起身来，把一个黑色的东西扔到桌子上。

“不是说好要我教您做这个东西吗？”

那个东西有两只手和两条腿，两只尖尖的耳朵以及长枪似的尾巴，背上还插着两根羽毛——原来是宇多山从未见过的、用黑色纸片制作的“折纸手工”。

2

从大厅的门出去，不到一米就到了走廊的拐角，拐角右侧摆着一座等身大小的铜像。这是一个身穿古希腊风格服装的年轻女性的雕像。

她左手放在丰满的胸上，右手伸向前方，手掌朝上。除了初次造访这里的桂子，其他人都很清楚这个铜像的身份。

ARIADNE

涂成紫黑色的大门上，与视线水平的位置有一块长方形青铜牌子，上面刻着这个名字。

阿里阿德涅。

跟弥诺陶洛斯一样，她也是古希腊神话中的一个人物。她是米诺斯的女儿，却爱上了青年忒修斯。忒修斯为了消灭怪物进入迷宫，这位公主就把玉坠给他，让他用来做路标。

跟最深处的会客室里的弥诺陶洛斯相对应，大厅以“阿里阿德涅”命名。同样，这个馆里十几个房间也都是以“克里特迷宫”里神话人物的名字命名的。

八位客人跟在井野身后，沿着昏暗的走廊前行。

走廊不足一米宽，跟房间里面以及大门处的楼梯不同，地板上没有铺地毯，深褐色的瓷砖裸露在外。高高的天花板由许多个钢筋和玻璃构成的正方形组成，正方形的边和走廊宽度相同——这些单元就是前边提到的“金字塔”。玻璃很厚，带着青绿色的花纹，从那边照下来的阳光已经经过了暮色的渲染。

走廊以直线和直角构成，错综复杂，在迷宫馆的中央部分占据了相当大的面积。这座建筑的名称也因此而来——“迷宫馆”。

“真像个迷宫。”紧挨在宇多山身边的桂子边走边低声说，“宫垣老师居然一个人住在这种奇怪的房子里。”

话刚说到这里，她马上闭上嘴巴，不再说话。看来，对于这家主人的“死”，她还没有真切的感受。

走廊被灰黄色的墙壁隔成狭窄的空间，杂乱的脚步声回响在其中。现在还没有开灯，加上暮色的影响，让宇多山觉得自己并非走在来过好几次的馆里，而是被吸入了不熟悉的“迷宫”深处。

这个“迷宫”的主人突然自杀了。

——难道现在一把年纪了，反倒要反悔，去挑战长寿纪录吗？我可完全没这种念头。

三个月前，他这样说过。

（那个时候就已经在考虑今天这件事了吗？）

宇多山想到另一个方面。

井野满男的奇妙言行究竟是怎么回事？

他看上去太冷静了。即便本性如此，但为什么直到现在才告诉大家？这段时间里他们在“讨论”什么？而且，如果不通知警察是宫垣本人的“遗志”，那到底是为什么？

迷宫状的走廊在迅速变暗，大家时而左拐时而右拐，最后终于到达目的地——宫垣叶太郎的书房。

坚固的紫黑色房门跟大厅的门一样，上面贴着一块长方形的青铜牌子。

MINOSS

大家的眼睛扫视着刻在青铜牌子上的文字。

米诺斯。

这是命令著名的工匠代达罗斯建造迷宫的克里特国王的名字，可能是由于制作者的失误，罗马字的末尾多了个“S”。

井野推开门，八个人默默地走进这个房间。

房间大概有十几张榻榻米大，左右两侧各有一扇门，右边是卫生间和浴室，左边连着寝室。

井野一进门就在左侧墙壁上按下照明开关，安装在四面墙壁上的煤油灯形状的电灯发出黄色的光芒。直到此时，宇多山才从彷徨于陌生迷宫中的幻想里走出来。

“请进，到这边来。”

井野走进房间深处，打开左侧的门，点亮寝室的灯。

客人们互相窥视着，一想到隔壁房间等待着自己的种种，每个人都畏缩不前。

“大家请进吧。”站在门边的井野催促道。

鲛岛第一个进去，后面跟着一脸憨厚的清村，宇多山牵着桂子的手跟在岛田后面，最后才进寝室。

“抱歉，医生，让你久等了。”井野背着手把门关上。

被称为“医生”的男子正站在房间靠里的一张床旁边，背对紧贴墙壁的穿衣镜，默默地点了点头。

“这位是黑江辰夫医生，他是宫津N＊＊医院的内科主任，这几个月都在麻烦他。”

听到井野的介绍，男子一言不发地点点头。他是个五十岁左右的胖子，身体几乎要将白大褂撑破，椭圆形的脑袋已经半秃。他用和善的圆眼睛依次看着客人们。

“各位请节哀。”他好不容易才从厚嘴唇里发出嘶哑的声音，又把视线投到床上，“想不到宫垣君竟也会这样。”

铺开的被子下显出人的形状，而枕头上面人脸的部位盖着白布，暗示着已经发生的事情。

黑江将手伸向白布。宇多山咽了一下口水，注视着黑江的动作。他用眼角的余光看到了床头柜上放着的玻璃杯和装有白色药片的瓶子，还有老作家常用的金丝眼镜。

白布被取走了。

“啊啊……老师。”圆香发出低低的悲鸣声，同时，其他人也发出一片叹息声。

（逝者脸上的表情多么安详。）

（但是，老师，你为什么……）

宇多山凝视着紧闭双眼的老作家的脸，然后用手指使劲压着又麻又热的眼皮。

3

“我来给各位说明一下。”众人从寝室回到书房后，井野满男说道，“因为事情十分重要，请各位认真听我说。”

一张豪华的书桌正对着门口，上面摆着黑色的电话和打字机。

井野站在桌旁，拖出一张皮革扶手椅，请黑江就座。

“医生，请坐，然后——”秘书环视大家，“这件事比较复杂，请大家也找个适当的地方坐下来。椅子不够，请多包涵。”

书桌对面的墙边有一张小桌子和两张凳子，宇多山让桂子坐在其中一张凳子上，自己背靠着墙，站在她身后；须崎昌辅弯下腰坐到另一张凳子上；其余五人分散在房间各处，成半圆形围住井野。

“首先还是得按顺序来讲这件事情，也就是到今天发现宫垣老师遗体为止的经过——”井野一本正经地在胸前交叉双手，不时看看注视着自己的每个人，开始说道，“为了给计划在今天举办的聚会以及其他一些事情做准备，我前天晚上就到这里来了。既要安排大家的房间，又要去买食物等必备品，昨天一整天我都手忙脚乱，没时间跟老师好好聊聊。现在回想起来，老师的情况确实有点奇怪，脸色很差，话说得很少。我想，可能老师身体有点不舒服，明天就会好起来，只是稍微有点担心。

“昨天晚上，老师过了十一点才睡，回房间的时候特意郑重地对我说：‘明天的事情全拜托你了。’

“然后，到了今天早上，直到正午也不见老师从房间里出来。我正觉得有点奇怪的时候，就看到这位黑江医生来了。我以前见过黑江医生，也知道宫垣老师不时会去宫津的医院接受身体检查。”

连这么讨厌医生的宫垣都……宇多山大为惊讶。这么说来，宫垣的健康状态比他想的更糟糕。

“听黑江医生说，昨晚宫垣老师给他打了电话，请他今天中午来一趟。是这样吧，医生？”

听到井野向自己确认，黑江点点头。“正是如此。虽然我表示很为难——因为医院还有事，可他硬是要我想办法抽时间来一趟。既然宫垣君这样说，我也不能拒绝，不管怎么说……”黑江停了停，稍作思考后继续说道，“到了这时候，就算说出来也没关系了。是这样，宫垣君的肺部状况很糟糕。他患了癌症，病情相当严重，很难恢复。对于这一点，他本人很清楚。”

（肺癌……）

宇多山回想起老作家抽烟时咳得很厉害的样子。

（是这样吗？）

井野把话接过来。“看到黑江医生来了，我就到这个房间告诉宫垣老师，可老师一句话也不回答，房门还上了锁。我回到大厅试着打内线电话，也没人接。我想可能出了什么事，就拿备用钥匙打开门。老师就像刚才大家看见的那样躺在寝室的床上……

“我马上带黑江医生去寝室，但为时已晚，老师早就不行了。枕边用来自杀的安眠药药瓶旁放着遗书——这就是那封遗书。”

井野从西装内兜中取出一封白色的信，给大家看了看。

“信封正面写着‘井野君收’，毫无疑问是宫垣老师的笔迹；里面的内容是用打字机打的，不过最后老师亲笔写上了今天的日期与签名。”

秘书从信封里抽出一张折成四折的信纸，小心地打开，然后开始读信的内容：

“‘我的死是自己选择的，请不要惊慌，也不要立即报警。黑江医生会来，请他作为证人，听听放在书房桌上的录音带，我把死后的全部愿望都录下来了，请务必遵从这个指示。一九八七年四月一日，宫垣叶太郎。’

“请各位确认一下。”

井野把信封和信纸叠在一起，递给站得最近的清村。

“嗯，确实是老师的笔迹。”清村郑重其事地点点头，把“遗书”递给旁边的林。接下来在令人压抑的沉默中，老作家的“遗书”在每个人手上传递着。

“都看过了吧？”

信封和信纸很快又回到井野手上，他一并放在旁边的书桌上，然后从这张书桌上拿起一盒录音带。

“这就是那盒录音带，我们先听听再说。”

房间入口正对着的那面墙上有个木架，上面摆着音响设备和很多唱片、CD 以及录像带。宫垣是个狂热的电影迷，也是个古典音乐爱好者，这些都是他引以为傲的收藏品。

井野从磁带盒中取出录音带，快步走到木架前打开扬声器，并把录音带放入录音机中。

“各位——”

扬声器中突然传出声音，大家的身体都瞬间僵硬起来。这确实是这个迷宫馆的主人宫垣叶太郎发出的声音。

“你们听到这盒磁带时，我可能已经不再是这个世界的居民了。录音结束之后，我是根据自己的意志，决定告别人生的。

“我——大概已经从黑江医生口中听说了吧——患上了肺癌，这是去年九月接受身体检查时发现的。黑江医生很信任我，才把癌症的事告诉了我。很对不起，医生，既然治愈无望，在与病魔的战斗中苟延残喘并不是我的本意。医生也说过，事到如今，动手术是十分困难的，也就是说，之后只能用化疗或者抗癌药物来续命。这种度过余生的方式跟我的审美观不符，所以——

“所以，在六十岁生日这天早上，我选择亲手结束自己的生命。人啊，无论干什么都要干脆利落。”

录音带中发出“呵呵”的低笑声。

“好了，言归正传。

“我死掉不要紧，可是有两个问题让我放心不下：一个是这么一大笔财产如何处理，另一个是诸位中的四人——须崎君、清村君、舟丘君和林君的问题。

“先从第二个问题说起。

“从某种意义上讲，我是个非常傲慢的人，这四十年来一直埋头苦干。我想，自己对工作的诚意和热爱不比任何人差。从爱伦·坡[①]开始，直到现代，经过无数前辈的努力才培育出‘推理小说’这种文学形式，我认为自己对它的热爱超过了对其他任何事物。这么说可能有点夸张，但我把毕生都献给了这种畸形文学的创作，同时还致力于发掘人才作为自己的继承者。

“由《奇想》脱颖而出的新人作家中，我特别欣赏其中几个有才华的人，也就是这次‘六十岁生日庆祝会’邀请的几位——须崎、清村、舟丘和林。然而——这是很重要的一点——如果你们觉得我对你们迄今取得的成绩感到很满意，那我就伤脑筋了，关于这一点你们自己应该也很清楚。

“对你们各有什么不满，我不会在这里讲出来，但有一点我要说，你们还稚嫩得很，远远没有发挥出自己的全部实力。我觉得你们要把才华全部释放出来，还得经历脱胎换骨的蜕变，可究竟要到什么时候才会发生这样的变化呢？

“这就是我担心的问题之一，明白了吗？”

被点名的四位作家用复杂的眼神看着其他人。

①埃德加·爱伦·坡（1809—1849），美国著名小说家、评论家、诗人。一八四一年，他发表了历史上第一篇推理小说《莫格街凶杀案》，是推理小说的创造者。

“接下来讲我担心的另一个问题——我的遗产。

“我不清楚具体的数额，但上一辈在东京的不动产应该还在，仅仅这些恐怕就是一笔巨资。至于其他不动产，光是这个迷宫馆，就不提建它花去多少钱了，这种奇妙的建筑物处理起来可能会很麻烦。另外，我手上的有价证券、银行存款、作品著作权……全部加起来有十几亿日元吧。

“对了，你们也知道，我一个亲戚都没有，也没结过婚。因此，我早就公开讲过，待死后，把所有财产作为一笔基金，用于设立和运营以‘宫垣叶太郎’的名字命名的文学奖。关于这件事情的正式文书打算在近日起草，不过现在我考虑对此作些变更。

“我全部财产的一半用作之前公开讲的‘宫垣奖’基金，剩下的一半我想留给某个人。

“这个人是谁目前尚未决定，也就是说，从现在开始就得进行选拔了。

“我眼前仿佛浮现出你们歪着头想这到底是怎么一回事的样子——没猜错吧？这次借庆祝六十岁寿辰，将你们邀请到这里，不为别的，正是为了让你们用自己的双手来决定遗产的继承人是谁。而候选人就是刚才讲到的须崎君、清村君、舟丘君以及林君。”

仿佛要看看听众的反应似的，录音出现了很长一段空白。

“什么意思？”圆香环顾其他人。

“喂，到底这是……”

“后面还有。”井野责备道，“总之，请别说话，先听完，有什么问题之后再说。”

“脑海里浮现出这个主意时，我简直开心得不得了，这简直是前所未闻的尝试。”

录音带里的声音又响了起来。

“那么，我就好好说明一下吧。在此之后——也就是发现我自杀之后，我希望你们做的事情。

“其一，关于我自杀的事，要到五天后的四月六号中午才能通知警察，期间绝不允许外人进入这个馆。五天的话，我的尸体应该不会腐烂得很严重。

“其二，这段时间内，除了井野君和黑江医生外，其余诸位原则上不得离开这个馆。诸位之中可能有人有工作在身——尤其是忙碌的宇多山君，真是万分抱歉，但还是希望你尽量调整一下。而女佣角松富美祐，我已经拜托她从一号到六号都住在这里。也请黑江君尊重死者的意愿，从离开这个馆之后，直到六号正午前，绝不要把这里的事情告诉其他人。

“其三，在这五天之内进行遗产继承人的审查和选拔。刚才说过了，候选人有四名。

“在这段时间内——准确来说是到四月五号晚上十点为止，你们必须写出一篇小说。四个人的作品，由编辑宇多山君、评论家鲛岛君和读者代表岛田君三人来阅读,并在六号正午之前评定优劣。最后，被评为最优秀作品的作者，我打算让他获得遗产继承权。至于担任评委……”

房间里开始骚动起来。对这个离奇的“遗言”，在场的人都感到不可思议。

“请安静。”井野一边说，一边暂停播放。

“可是，井野君，这个……也太荒唐了吧。”宇多山说道。

“确实不同寻常。”秘书眨了眨小眼睛，“总之，请继续听下去，这里是最重要的部分。”

井野把磁带往回倒了一段，然后继续播放。

“……我打算让他获得遗产继承权。至于担任评委的诸位，当然也会得到一定数额的报酬。

“其四，作品有字数限制——换算成四百字一页的稿纸，要一百页。本来想让你们写长篇的，不过目前这种情况下也没办法。五天一百页，是多是少因人而异，不可一概而论。比如，对‘慢笔’的须崎君来讲也许很残酷，不过这样说吧，‘慢笔’不等同于‘寡作’。

“其五，关于作品的主题。

“你们要写的当然是‘推理小说’，请评委把这一点作为评审原则。另外，我想就作品内容提几个条件。

“条件啊……嗯，可以说是这场竞赛最大的妙趣。

“首先，作品的舞台设定为这个迷宫馆，登场人物必须是今天在此聚集的人，当然，其中包括我宫垣叶太郎。至于要不要把我写成死者，就由诸位自由发挥了。

“另外还有一个条件，作品中发生的事件是杀人事件，每篇作品的作者——即你们自己——就是作品中的被害人。

“怎么样，不觉得是个有趣的主意吗？创作以现实中奇妙的馆为舞台、把自己当被害人的推理小说，不是个充满魅力的主题吗？遗憾的是我读不到这些作品了。

“其七……不，是其六。稿件请各位用自己房间里的打字机来书写，毕竟，字迹的好坏可能会对作品的评价产生影响。你们四人最近似乎都在使用打字机，这么一来就没有问题了。

“如果发现有什么作弊行为，不用说，马上会被取消资格。在规定的时间段内从馆中离开也属于违规。另外，这次竞赛的参加者或协助者中，只要有一个人表示异议，在该时间点竞赛就会中止，遗言也会立即失效。

“保证以上所讲内容合法性的文件已经写好放在保险柜里，希望井野君确认之后尽快安排这件事情。

“那么……啊啊，好久都没讲过这么长的话了，真累啊。

“恐怕这是史上最大的‘悬赏小说’了，衷心期待你们不留遗憾的、充分地发挥各自的才能。我就先走一步了。”

4

井野停止了播放，把磁带倒回去。房间里八个人的表情与刚才截然不同，一边各自在心中反刍刚刚听到的内容，一边一动不动地盯着井野。

“大家都听到了吧。”磁带倒完之后，井野把它从录音机中取出，放回原来的磁带盒中，然后面向众人。“我之所以没有及时向各位报告，是因为要分析这个磁带的内容。磁带最后提到的‘文件’已经确认过，没有问题，我承认它具备法律效力。”

井野从二十五岁开始，作为一个忠诚的秘书，为宫垣叶太郎工作了近十年。他既是作家宫垣的拥趸，又具有律师资格。不过，他并没有去当律师,理由是这个职业“不适合”他。平日在东京的时候，他似乎在一所面向司法考试的补习学校里担任讲师。

“我认为，作为宫垣老师的秘书，我有义务为了实现老师的遗愿而尽自己最大的努力。庆幸的是，刚才黑江医生听了录音后，也表示愿意帮助我。”

“这么出人意料的事情，我也是第一次遇到。”黑江一边把膝盖上的茶色皮包放到脚边，一边回答道，“总之，死者的遗愿我们应该尽量尊重，不过我多少感到有点别扭。”

“我会妥善安排，绝不会给大家增加不必要的麻烦。”井野自信满满地说道，“虽然这件事极为特殊，但我想还是能够向警察解释清楚的。”

他走回书桌旁，把磁带放在先前的信封上，转过身重新环视众人。

“有问题的话，请尽管提。”

几个人张了张嘴——宇多山也是其中之一。他想问些什么，可又找不到合适的语言，看样子其他几个人也和他一样。

“后天下午我要到电视台做节目啊。”圆香像自言自语一样说道，“第一次有这样的机会，还是很期待的。”

“电视台？”大声说话的是清村，“喂，舟丘老师，现在不是说这种话的时候吧？”

“什么啊？！这种说话方式……”圆香的脸变红了，“我明白，你想说的是这边有十几亿遗产，是吧？”

“看样子，你理解现在的状况了。”

“别说傻话了！不过，这件事有点不正常。仅仅一百页就决定了这一大笔钱的去向……”

“这才是宫垣老师的作风。老师的自杀的确叫人大吃一惊，但他不死的话，也不会发生这种……哎呀，说漏嘴了。总之，我认为我们要为自己的才能得到老师的赏识而感到庆幸。”

清村将后背离开一直靠着的墙，面向井野。

“我们当然会参加这个游戏。须崎君和林君应该没有异议吧？”

“两位怎么看？”

听到井野的问话，弯腰蜷缩在凳子上的须崎点了点头。林摸了摸胡须说道：“我也没意见。”

他的声音很小。

“接下来是各位‘评委’。”

清村依次看着鲛岛、岛田和宇多山。

“不会有人说不同意吧？鲛岛老师？”

评论家点点头，轻轻闭上眼。“既然是宫垣老师的愿望，我也只能从命了。”

“岛田君？”

“啊啊……哎呀，反正我是个闲人，无所谓。”靠在寝室门上、抱着胳膊的岛田抿起嘴唇，“话虽如此，这件事情责任重大呢。”

“宇多山君呢？”

“呃，这个……”宇多山没有马上回答，只看了看桂子。

“你是不是担心尊夫人的身体状况？”看到宇多山的样子，井野问道。

“唉，这个还是……”

“尊夫人的情况嘛，这样吧，我想可以破例。万一有什么事情，就请她和黑江医生一起提前回去。”

“没事，我没问题。”桂子斩钉截铁地说道，然后转身面对宇多山，“没事的。好不容易来一趟，却要我一个人先回去，真讨厌哪。”

“好，那就这么定了。”清村得意扬扬地大声说道。看样子，刚刚在隔壁房间受到的冲击，由于眼前出人意料的“展开”，已经烟消云散了。

“写作比赛·迷宫馆事件——是吧？嗯，‘史上最大的悬赏小说’！不愧是宫垣老师，说得真好。”

第三章　当天晚上

1

黑江辰夫回去后，井野亲手将对开的大门锁上，连分割门厅和通往地下楼梯的格子门也上了锁。

接下来，大家要做的是调整从明天开始到六号各自的工作安排。一时之间，大厅里唯一的电话忙个不停，主要是打往东京的长途电话。

等到他们告一段落，已经快到晚上七点了。

“请大家到这边集合。”井野把八个人叫到桌子旁。

“有没有哪位确实安排不过来的？没有？太好了。有几点注意事项必须对各位说明，请坐下来。”自两个小时前在这个大厅出现之后，他的态度和言谈始终显得沉着冷静。

必须忠实遵从雇主的“遗言”，也许是这种强烈的责任心促使他这样做的。不，单纯的职业意识不足以让他如此冷静地应对，恐怕是对宫垣叶太郎这个奇特作家的兴趣和癖好——夸张地讲就是一种思想——有很深的理解和共鸣。

“不管怎么说，真是了不起呢！”宇多山觉得对这个比自己还小几岁、看上去忠诚老实的秘书要重新评价了。当然，更加了不起的人物，自然是策划这个出人意料的“遗产继承游戏”的宫垣叶太郎。

“首先，各位住的房间已经安排就绪了。其次，这一点我昨天就注意到了，须崎君、清村君、舟丘君和林君的房间里都放着相同型号的打字机，另外还有保存文件用的软盘三张、B5 打印纸三百张、打字机使用手册和其他必需品。如果还缺少什么请告诉我。由于这座房子结构复杂，我把房间分配的情况绘成了图，并复印了若干份。”

井野从黑色公文包里取出按人数制作的复印件，分发给每个人。

正如井野所说，A4 大小的纸上绘着这个馆的平面图，房间上用工整的文字写着分配结果。宇多山和桂子分别住在“波塞冬”和“狄俄尼索斯”，离大厅最近。

“第一次在这里留宿的应该只有宇多山夫人一位吧？其余诸位都比较熟悉了，不过为了慎重起见，我还是大概说明一下。”井野继续说着，“每个房间内都有卫生间。浴室在这个大厅出去左拐的地方，请随意使用。图书室、会客室、娱乐室会一直开放，可以随便进出。但是，刚才的书房我上了锁，请不要进入。

“关于就餐，原则上就在这个大厅，大概时间是早餐十点，午餐一点，晚餐八点。如果跟哪位的作息时间不一致，请多多包涵。这个大厅和会客室的餐柜里备有酒水，喜欢的话可以随便饮用。

“大门钥匙由我保管，各位务必不要外出，我不想因为一些无聊的事情破坏刚才的遗言。万一有什么紧急情况发生，请立即告诉我。这样可以吗？”

“喂喂。”桂子小声说着，戳了戳宇多山的肩膀。

“怎么了？”

“怎么办？我没带换洗的衣物。”

“我明天会开车去买。”井野留心听着，然后答道，“各位，请在今晚把必需品写在便条上给我，我一并去买。那么——”秘书看着餐柜上的座钟，“总之，请大家先把行李搬进各自的房间，每个房间的钥匙都插在锁孔里。晚餐在八点应该能准备好，请到时再来这里集合。”

2

在此，有必要把这座奇妙的馆——迷宫馆的房间布局作一个简单的说明。（见图一）

总体上看，地面上的大门、楼梯以及大厅位于建筑物的最南端，被夹在中央的是广阔的迷宫走廊，北侧是会客室“弥诺陶洛斯”。会客室东西两侧是图书室和娱乐室，它们分别被冠名为“欧帕拉摩斯”和“代达罗斯”，这两个人是克里特迷宫的设计者。主人的书房和寝室以“米诺斯”来命名，紧挨着图书室“欧帕拉摩斯”。

迷宫走廊周围分布着十一个房间，东侧四个房间，西侧七个房间。如前所述，这些房间都以神话中的人物来命名。除角松富美祐平时住的“波留卡斯特”可以直接进出厨房之外，其他房间往来必须通过中间的“迷宫”。因此每个房间里都配备洗手间，可以说是理所当然的。

井野讲完后，客人们一手拿起自己的行李，一手拿着平面图的复印件，离开了大厅。有些人虽然已经来过好几次，但也不能完全记住这座房子里“迷宫”的复杂布局，没有平面图的话多多少少可能会迷路。

大家一起出去的话，由于走廊狭窄，可能会很拥挤。宇多山让桂子不要急着站起来，等大家都走了才离开桌子。

两人正要离开大厅时，才发现还有一个男人没走，是岛田洁。他一边晃着手提包，一边看着之前提到的放在门旁的青铜像。

“怎么了？”宇多山问。

“不不，这是——”岛田用拿着平面图的左手朝青铜像指了指，“这是古希腊神话里的阿里阿德涅公主吧？”

“应该是的。”

“嗯——不是吧，这右手的形状，”岛田用指尖轻轻触碰着青铜像的右手，“感觉这只手掌上好像托着什么东西。”

“嗯嗯。”

“手里什么都没拿着，不觉得很奇妙吗？我认为这只手掌本来应该拿着要递给忒修斯的毛线球①。”

“原来如此，但认为这是递过毛线球之后的像不就好了吗？”

“嗯，递过毛线球之后啊……”岛田一边依依不舍般的低语着，一边摸摸自己的下巴。宇多山和桂子要走了，他才勉强把目光从阿里阿德涅青铜像身上移开，跟在他们后面。

出门左转再往右拐后，他们停了下来。这里的路往左右两边分开，他们穿过岔路口直接沿着往北延伸的走廊前行。两边的墙上稀稀落落地点着灯，光线很微弱，整个空间显得十分黯淡。抬头看看天花板，排成一列的金字塔形玻璃窗已经溶入了黑夜之中。

他们沿直线走了好一段路，右边出现了一条岔路，宇多山和桂

①在古希腊神话中，忒修斯将毛线球一端固定在迷宫起点，另一端拿在手中，这样就不会迷失在克里特迷宫里，最终杀死了弥诺陶洛斯。

子必须在这里拐弯。

“啊啊，在那里吗？宇多山君的房间是……啊哈，‘波塞冬’吗？他是弥诺陶洛斯出生的罪魁祸首呢。”岛田搭话道。

“嗯，我的房间是‘科卡罗斯’——从前面向左转吗？你知道科卡罗斯是个怎样的人物吗？”

“这是西西里岛的国王的名字，他的任务是保护从米诺斯处逃出来的代达罗斯。”

“嗯嗯。”岛田凝视着手上的平面图说，“哎呀，还有我不知道的名字，之后得好好调查一番。”

房间的安排可能是宫垣在设计这个竞赛时决定的，大体按作家们住馆西侧、评委们住东侧的形式分配。照说岛田应该跟宇多山住同一侧，但似乎是房间不够，岛田被安排住在西侧。

跟岛田分开后，桂子悄悄握住宇多山的手。

“怎么了？”

柱了用不安的声音回答：“ 想到宫垣老师的遗体就在那个房间里，我总觉得……”

“唉——”宇多山叹了口气，心情顿时变得沉重起来。由于事情的发展出人意料，不知不觉就忘了这件事……是啊，这也是现实。

（逝世的老师那张安详的脸……）

“宇多山君，好好想一想，我感到这件事不同寻常啊。”

“害怕了？”

“倒不是害怕，”桂子停下脚步，往周围看了看，“不过，走在这个走廊上，总觉得这也好那也好，仿佛都藏了什么似的，心里很不舒服。那个面具……”

走廊的墙上到处装饰着白色的石膏面具。

青年、女性、老人、野兽……它们虽然样子不同，但都用白色的眼睛一眨不眨地盯着这边——可能是因为光线微弱才让人有这种感觉吧。也许它们起着“迷宫路标”的作用，不过确实没法说是让人感到愉快的装饰品。

两个人稍微走快了些，继续沿着走廊前行。桂子一边走一边问：“喂，我的房间‘狄俄尼索斯’是个什么人的名字啊？”

“据说是世界上第一个制造葡萄酒的酒神，又名巴克斯。”

“哦，那个名字我倒听过。”

“弥诺陶洛斯的故事你不也知道吗？”

“嗯，大概知道一点儿。”

“忒修斯打倒了迷宫的怪物后，带着阿里阿德涅逃离了克里特岛。之后阿里阿德涅被忒修斯抛弃，这时狄俄尼索斯出现了，娶她当了妻子。”

“哎呀，真复杂。”

“日本神话也一样。凡是神话故事，里面的人物关系都十分错综复杂，所以才能用这些‘相关人士’的名字给这么多房间命名。后面的故事请须崎老师给你讲解，怎么样？”

“那位老师一副博古通今的样子，可总让人觉得阴沉沉的。我不善于跟这种人打交道。”

把桂子送回房间后，宇多山才走进自己的房间。幸好两个房间之间没有什么容易迷路的“迷宫”，即使不住在一起也不必担心。

正如井野所说，钥匙插在锁孔里，上面别了个小小的黑色牌子，用反白字印着罗马字“POSEIDON”。

刚才岛田说这位海神是“弥诺陶洛斯出生的罪魁祸首”。确实可以这么说，因为米诺斯的妃子帕西菲对波塞冬赠送的白色公牛产生了异常的感情，最终产下了畸形王子弥诺陶洛斯。

客房是约八张榻榻米大小的西式房间，站在门口能看到右侧靠里的卫生间的门；左侧是床，窗前有张桌子，床和书桌之间的墙上镶着一面巨大的穿衣镜。

宇多山从提包里拿出一件对襟毛衣。虽然气温不低，但总觉得冷飕飕的。

他脱下外衣扔到床上，将手腕穿过对襟毛衣的袖子，无意中看到映在穿衣镜中的自己的脸。脸色发黑，看起来还算年轻，眼睛周围长了浅浅的黑眼圈。

他想，自己肯定是太累了。

工作繁忙，每天喝酒……虽然还不至于像宫垣那样，但回想起来，宇多山这十几年里都没做过一件对身体有益的事情。

（啊啊……）

紧闭双眼的老作家的脸又浮现在他的脑海里。

（老师，您没必要这么急着赴死啊……）

这种心情紧紧捆住了他的心，然而，在他脑海中又兴起了一个完全相反的念头。

（在这种出人意料的状况中，到底会产生怎样的作品呢？）

不可否认，作为编辑，他对此产生了很高的期待，这也是事实。

到底会产生怎样的作品？而且，四位作家中，谁会获得这笔巨额“奖金”呢？

3

“我很为难啊，真是为难。”

“吵死了，光说为难也没用啊。”

“可这对我来说是个大问题。”

“不是一开始就决定要参加比赛嘛，你很快就会习惯的。”

“这方面还是清村君行，你写东西本来就很快。”

“不是快就好，不过像须崎君那么慢也不行，你总不会慢到那种程度的。”

“那就……”

听声音是清村淳一，另一方是林宏也，隔着构成迷宫走廊的灰黄色墙壁，还能听见两个人的脚步声。

宇多山和桂子在拐角处停下来，对望一眼。

“不过，如果是键盘的话……”

“那不是大问题，对我来说，手写要快得多。”

“不，就写作速度这个问题而言，实际上是心理问题。”

“够了！我可没兴趣知道这些。我们四个人现在是对手，你的问题直接去跟井野君说。”

两人的说话声和脚步声越来越近。

“怎么回事？”宇多山问道，又往前踏出一步。转过拐角，两人正好从右边走过来。

“啊，是宇多山君。林君吵死了，一直对我发牢骚，真不像话。”

“有什么不便吗，林君？”

“呃，那个，那个实际上是——”林低下头，用手挠了挠卷发，发出沙沙的响声，“房间里准备的打字机有点不好使。”

“怎么了？”

“准备的打字机是 NEC 的‘文豪’牌，跟他平时用的机型不同，所以他觉得很不适应。”清村代替林回答道。

“哦。”宇多山点点头，“这么说林君用的是‘绿洲’牌？”

“是啊，真叫人沮丧，在不习惯的键盘上打字，果然还是……”林无精打采地说着，又挠起了头。

这几年日文打字机普及速度很快，各大制造商出产的机器大部分都采用被称为“JIS假名排列”的键盘排列方式，既有直接输入假名的方法，又设计了罗马字输入模式，用户可以根据个人喜好设定用哪种方式来输入文字。宫垣叶太郎这两三年间用的“文豪”牌机器（因此这回准备的打字机也是这个牌子）也属于这一类型。

另外，富士通生产的“绿洲”牌机器是个例外，它采用被称为“拇指转换”的输入方式，优点是按键数少了很多，所以其键盘的假名排列跟其他机型完全不同。正因为这样，平常用惯“绿洲”输入方式的林发牢骚也是理所当然的。

“好了好了，没问题的，林君。”对这个眉头紧锁的年轻作家，宇多山只能先说些鼓励的话了，“要重新记住五十音的位置固然很难，但用罗马字输入的话不用花多少时间就能习惯。”

“嗯。”林还是一脸郁闷。

宇多山想，虽然能理解他的心情，但面对这样一件事情就表现得如此懦弱，这真是林宏也的缺点。他的推理小说以严谨的风格得到很高评价，却欠缺一点朝气，看来是他这种性格的一种体现。

四个人一起往大厅走去。

须崎和鲛岛已经回到大厅，正坐在沙发上聊天。圆香和岛田还没到。晚饭已经开始准备了。

井野坐在门口的躺椅上，林马上把打字机的事告诉了他，但他只是冷淡地摇了摇头。

“只能请你将就一下，虽然这确实会给你带来一些影响。”

“对了对了，井野君，”清村从沮丧地叹着气的林身旁走过，加入了谈话，“我房门上的牌子掉了。”

“清村君是——”井野从旁边拿出平面图边看边说，“啊啊，是‘忒修斯’。不错，那个房间牌子的螺丝有点松脱，去年就把牌子取下来了。这对你来说有什么不方便吗？”

“不，也没到不方便的程度，只是刚才……我虽然到了自己住的房间，但没看到门上的标识，感到很疑惑。幸好钥匙上有个牌子，这才确认那是我的房间。”

“要不写个纸条贴上去？”

“这倒不用，多往返几次应该就可以记得回房间的路线了。”清村舔了舔红润的薄嘴唇。

“不过，击退怪物的主人公的房间门上没有名字，有点不像话呢。”

“井野君，话说——”这回是宇多山发话了，“你把事情跟女佣角松交代清楚了吗？”

“这一点，”井野瞥了瞥厨房，“我讲过，请她在这里一直住到六号，给我们做饭。至于宫垣老师的事情，还是先不告诉她为好。”

“可老师一直不露面，她不会感到奇怪吗？”

“我已经说了老师生病卧床，饭菜由我送到老师的寝室。”

“原来如此，那么她在场时，我们说话得注意啊。”

“不用，不怎么在意也没问题。”

正在这时，角松打开厨房门，拿着餐具走进大厅。

井野压低声音说道：“她有点耳背，而且对我们的事情也不大关心。五天稍微长了点，不过让她在房间里看看电视的话，应该就不会抱怨了，她就是这样的人……”

“真香啊。”清村朝桌子走去，“都晚上八点了，虽说是在这种场合，可还是饿得不行。大家都到齐了吗？就差圆香女士和岛田君了吧？”

他微微耸了耸肩膀，这种举止跟他很相配。

“嘿，看这个，看这个。”清村说着，从桌上捏起一样东西，转身朝宇多山说道。

宇多山一看，原来是刚才岛田叠的黑色“折纸手工”。

“宇多山君见过吗？我记得以前在一本什么书上看过，但实物还是第一次见到，真好看啊。”

“哈……”宇多山走到清村身旁，观察折纸的形状，“哦，是个恶魔吗？”

“耳朵旁有翅膀，有嘴巴有脚，手掌上有五根指头。只需一张纸，也不用裁切就能做出来。”

“哟，太厉害了。”

“真有‘推理爱好者’的风格，不过——”清村把折纸恶魔托在掌心，窥视着宇多山的脸，“他跟宫垣老师是怎么认识的，你听说过吗？”

“没有，详情我也不大清楚。”

“那么应该问问他，因为对我们来说，评委的可信度是个让人关注的问题。”

4

“跟今天的情况恰好相反。”岛田洁一边往端来的咖啡里加进很多牛奶，一边回答宇多山的问题，“也就是说，宫垣老师因为车子出了故障而束手无策，我恰好路过那里。”

“哦。”饭后的一根烟——宇多山不由自主地伸手拿烟，不过又马上停下来，把身体往后仰。

“纯属偶然吗？”

“是的，不过我想着要看看迷宫馆，所以当时是在来迷宫馆的途中。那是去年十二月，因为担心下雪，我选择了和今天相同的路线，从宫津往这个村子的方向走。途中偶然遇到了出故障的奔驰车，当然，地点和今天不同。现在回想起来，老师当时应该是从宫津的医院看病回来。”岛田美美地喝了口咖啡，继续说道，“汽车只是爆了胎，不过一个人更换轮胎的话，太辛苦了。我天生爱多管闲事，一开始也不知道他是宫垣叶太郎，就去帮忙修车了。后来无意中发现他跟书上照片里的是同一个人。这就是认识老师的经过。我只不过是帮了个小忙，老师却再三感谢，还说有时间的话一定要去他家吃晚饭。这可是喜欢的大作家的邀请，我大喜之下接受了邀请，当晚还厚着脸皮在这里住了一夜。”

“嗯嗯，还真是偶然啊。”清村用佩服的语气说道，“而且，连那么难以取悦的老师也欣赏你，岛田君真了不起。”

“也许吧。”岛田回答道，然后害羞似的抿了抿厚厚的嘴唇，“不过，老师看起来对我的话十分感兴趣。”

“跟那个中村青司有关吗？”宇多山问道。

“是的，如果说有什么引起了宫垣老师兴趣的话，肯定是我提到了中村青司。”

“可以讲给我们听吗？”

“好啊，也不是什么需要隐瞒的事情。”岛田吸了吸鼻子。

“中村青司？没听说过啊，他究竟是谁？”清村露出疑惑的表情。

“是这幢建筑物设计者的名字。”须崎小声答道。他把胳膊支在桌上，双手手指交叉撑着下巴，透过度数很高的矩形框眼镜凝视着岛田的脸。看样子，他也被“中村青司”这个名字唤起了兴趣。

“‘蓝屋’、‘十角馆’，然后是‘水车馆’，有人知道吗？”岛田说道，“这些都是中村青司设计的房子。他在大约一年半前去世了，是因为自己的蓝屋中的那起事件。”

“想起来了，”圆香正要把杯子送到嘴边，突然停下来大声说，“那是在大分县一个什么岛上发生的杀人事件。接下来，半年之后，在同一个岛上的十角馆里……[①]”

“正是这样，然后，建于冈山县深山之中的水车馆也成了一起杀人事件的舞台[②]。”岛田又吸了吸鼻子，“实际上，可能是某种因缘吧，我跟这些事件都扯上了关系。特别是在去年秋天落幕的水车馆事件中，我跟相关人士一起被关在那个馆里过了一夜，真倒霉啊。自己说出来挺不好意思的，不过我还为事件的解决出了点力。”

“你真厉害。”清村半开玩笑似的拍着手，“我还是第一次跟现实中的名侦探碰面呢。”

“宫垣老师也这么说。”

“嗯，对老师来说，肯定是大喜过望。这么说来，岛田君对于在凶杀课担任警部的哥哥来说，是得力助手喽。这回，你是接受了秘密指令，特地出差到这个迷宫馆，阻止在中村青司设计的馆中再次发生凶案，对吧？”

“怎么可能！”岛田苦笑道，“哥哥和我在这一点上毫无关系，都是因为我的个人行为，才偶然碰到这些事件……

“于是，在去年的水车馆事件结束之后，当我得知有名的宫垣叶太郎的迷宫馆也是中村青司亲手设计的建筑物时，马上变得坐立不安，想着一定要亲眼看看它。总之，都是因为我天生爱凑热闹。”

①参见绫辻行人的《十角馆事件》。

②参见绫辻行人的《水车馆事件》。

“原来如此。”想象着宫垣一边听岛田的侦探故事，一边像孩子一样两眼发亮，宇多山深深点了点头。同样，老作家看到许多像变戏法一样做出来的稀奇的折纸作品，肯定也不会吝惜掌声。

“话说回来，岛田君，你托人保管的车没问题吧？”宇多山突然想起这件事，于是开口问道。

“没问题，刚才我给那家招待所打了电话，适度编造了一些谎言，拜托他们照料车子。”岛田说着，又吸了吸鼻子。

“你感冒了吗？”

“可能是吧，偏偏这时候感冒。”

“请桂子夫人给你看看，怎么样？”清村说道。

岛田有点惊讶地看着宇多山和桂子。“这么说来，尊夫人是护士还是……”

“以前是医生吧？”清村说道。

岛田更加惊讶。

“真的吗？”

“我从医大毕业后，在医院的耳鼻喉科工作了一段时间，结婚后就辞职了。”桂子用害羞的语气回答。

“嗯，真是个了不起的高才生。”

“我看上去像吗？”

“不不，完全不像。啊，这么说真失礼，不好意思。”

看到岛田挠着头，桂子不由得笑出声来。

五年前宇多山遇见桂子的时候，她正处于烦恼之中。由于成绩优秀[①]，她考入了国立大学的医学部，立志要当一名医生。可进了医

①原文是“偏差値が良い”，即偏差值优秀。所谓偏差值是日本衡量学习能力的标准之一，计算方法是 50+10（得分 − 平均分）/ 标准差。

院才发现，自己无论怎样都忍受不了，主要原因似乎是在处理医生与患者之间的关系上压力过重。因此，桂子正在考虑辞职。

她在结婚后辞去了医生的工作，宇多山也不反对。周围的人一开始都说“太可惜了”，但后来看到她婚后的样子，也觉得这样挺好。

“那么，”须崎昌辅站起来说道，“我要去休息了。”

已经九点半了。

“哎呀，急着写稿子吗？”清村耸耸肩，声音里带着挖苦的味道，“今晚要为宫垣老师守夜，我们再喝点酒，然后追思故人，如何？”

须崎摆出不理会的表情，匆匆向门口走去，很快就消失在走廊里。

清村强忍着哈欠说道：“哎呀，有十几亿元的遗产，那个人得拼上老命了。”

5

“我差不多也要休息了。”秘书井野说道，这时已经是晚上十点多了，“明天的购物清单大家写好了吗？好吧，明天早上十点吃早饭时给我。”

在已经收拾好的桌上，一脸冷漠的女佣在清村的催促下，按人数准备了玻璃杯和冰块，清村则开始在餐柜里挑选洋酒。

“宇多山君，别喝那么多。你要是喝醉了在迷宫里找不到路，我可没办法。”桂子叮嘱道。

宇多山不知道该说什么，只好搓着双手。

“夫人说得对。”圆香调侃似的说道，“我可不想再看到宇多山君变成青虫。”

“青虫？这是什么？”岛田疑惑地问道。

圆香微微张开鲜艳的红唇说道："宇多山君一喝醉就会变成青虫，不管在什么地方都会直接躺到地上打滚，嘴里喊着'我是青虫'、'我回到了原始时代'，尽说些莫名其妙的话。"

"真夸张。"

"宫垣老师在成城的住宅里还有一根柱子，专门用来捆住喝醉的宇多山君。"

"嗯，宇多山君真是个非凡的人。"岛田愉快地笑了起来。他从刚才开始又在桌上用纸叠来叠去，一开始看不出叠的是什么，后来渐渐发现是一只张开翅膀的翼龙。

"我真想看一次这只青虫呢。"

"他们都是夸大其词，别当真。如今迈进了四十岁的门槛，我一直想着控制一下喝酒。"宇多山做出了反驳。

"现在说的话可别忘了。"桂子只是微笑着在宇多山耳边低语，"肚子里的孩子也在听呢。"

刚过十一点，圆香也准备离席。

"哎呀，这就回去了吗？"清村喝了几杯掺水的酒，已是满脸通红，还把手放在她的肩膀上。

"现在可不是逍遥自在的时候。"圆香冷冰冰地瞥了清村一眼，把他的手推开。看样子她相当善饮，几杯下肚，脸色丝毫不变。

"小圆香真没趣，就不能温柔点嘛？"

"别太过分了。"

"待会儿到我房间来怎么样？"

"别开玩笑。"圆香疾言厉色地说着，从椅子上站了起来，"别过来，不然我就用防范色狼的口袋蜂鸣器把你吓跑。"

“哎呀呀，在这里还要用那种不解风情的东西吗？”

“有备无患。那么，各位，我先告辞了。”

清村用僵硬的表情目送女作家走出大厅。看到他这副模样，宇多山想起了很多往事——清村和圆香直到去年夏天还是夫妻。

他们是在宫垣位于成城的住宅里认识的，先是圆香获得《奇想》杂志新人奖，清村则在第二年获奖——算起来已经是四年前的事情了。

清村会说话，人又帅，当初好像是圆香先喜欢上了他。两个人跟大家预想的一样结婚了，但不到两年就迎来了婚姻破裂的结局。

是清村在外面不断玩女人呢，还是圆香有了婚外情？关于离婚的原因有各种传闻，不过似乎是女方先提出的。关于赔偿金的问题没有产生纠纷，但听说清村很不愿意离婚。

还是恋恋不舍呢——看到今天这种场面，让人不由得这么想。这么说来，好像很久没看到两人碰面了。

“那么，”前妻如此冷淡，清村觉得有点扫兴，但很快又用快活的语气说，“一起去娱乐室打台球吧，林君？”

“现在啊？”林丝毫不起劲，“不过，我也差不多要回房间了。”

“喂喂。”

“不去熟悉一下打字机不行啊……”

“好吧，随你。”清村一脸扫兴，耸了耸肩。

“这么说来，清村君，你这么悠闲，没问题吗？要写一百页，即便对你来讲，也不是件轻松的工作吧？”鲛岛拿着玻璃杯说道。

清村微微一笑。“评委老师亲自提出忠告啊？”

“不是什么忠告，我也没那个打算。”

“不不，我诚恳接受。无奈，最重要的作品构思还是毫无着落，在这种状态下即使对着打字机也写不出什么来，我的性格就是这样。

岛田君呢？来跟我打一局怎么样？”

“不了，我对台球一窍不通。”

“真遗憾。”清村一口气干掉玻璃杯里的半杯掺水酒，摇摇晃晃地从椅子上站起来，“那我就一个人玩吧，要是宫垣老师的幽灵出现，当我的对手就好了。”

6

“四位老师的作品要到截稿时间才写得完吧。”清村一个人去了娱乐室，接着林也离开了。这时，岛田慢吞吞地说道：“到底用什么标准来评选呢？我简直毫无经验可言，真为难，再加上评选结果关系到十几亿金钱的归属……”

“确实责任重大，但也不用想太多。”鲛岛回答道。

这位评论家酒量很好，语调和表情都没有什么变化；不过也和普通人一样，喝了酒就特别想抽烟。评论家从刚才起就一直在摆弄桌子上的香烟盒，看来是顾虑到有孕妇在场才忍着。

“而且，岛田君，作品的评价一般是个人喜好的问题，所以我们不必顾忌彼此的立场，而是应该充分陈述意见，最终得出结论。例如，人们常说一部优秀的推理小说应该具备的条件是：‘一、不可思议的开头；二、悬疑的中盘；三、意外的结局’，但实际上也有例外。当然，某种程度上的客观标准还是有的，四位作家对这些都很清楚。”

“说得对，他们四人的作品我都读过不少，各有自己独特的风格，但和宫垣叶太郎的作品相比还有些不足。”

“这正是宫垣老师放心不下的地方。是不是宇多山君之前说的那个‘某种过剩的东西’啊？”

听到问话，宇多山向前探出了身子。

“正是这样。”他用力点点头，“也许作为编辑，这不是一种正确的态度，但所谓作品的完整性或者是否畅销，讲得极端一点，那些对我来说都是无所谓的事情。诡计能否实现、对警察搜查方式的描述与实际是否一致，这类只会吹毛求疵的书评让我十分厌烦。我所看重的是‘某种过剩的东西’能否或多或少在心底引起共鸣，从这个角度来说，现在日本推理小说界的情况真是十分黯淡啊。”

宇多山意识到自己已经醉了，不但舌头转动速度加快，连喝酒的频率也变高了。

就“过剩的东西”（严谨的定义连宇多山自己也搞不清）而言，宇多山认为四位作家中须崎昌辅是最有希望的，但前提是他能在这五天内完成一百页的作品。考虑到他是个超级“慢笔”的人，写不完的可能性是很高的。

当然，其他三人在这种异常状况的驱动下会写出什么样的作品，这点完全没法断言，也许他们会完成出人意料的杰作。

“岛田君喜欢什么样的推理小说呢？”鲛岛问道。

岛田吸了吸鼻子。“我天生不爱挑剔，所谓古典解谜小说也好，悬疑冷硬也好，我都乐在其中。如果问最喜欢哪种的话，我会回答我终究是个‘本格[①]’粉丝。”

“那么在本格推理作家中你喜欢谁？”

“我自称是卡尔迷，也喜欢奎因和阿加莎·克里斯蒂[②]，最近则把

①“本格”在日语中有“正统、正宗”的意思，在推理小说领域指代以逻辑解谜为主体的浪漫主义推理。欧美的黄金时代、日本的横沟正史以及后来的新本格推理大多是本格推理。

②阿加莎·克里斯蒂、埃勒里·奎因和约翰·狄克森·卡尔并称为“黄金时代三大家”，是古典浪漫主义推理巅峰时期的代表作家。

科林·德克斯特[①] 和P.D.詹姆斯[②] 列为不可错过的作家。不过，最喜欢的还是卡尔。我实在无法抗拒优秀的古典推理小说带给我的那种感觉。”

“没听到日本作家的名字。”

“我是宫垣叶太郎的大粉丝。”

“原来如此。”

“鲛岛老师是奎因信徒吧？”

“‘信徒’这个词有点夸张了。”鲛岛停了下来，看样子实在是忍不住了，叼起一根烟，看了看桂子，“请让我抽一支吧。”

桂子笑了笑。

“请不用太在意，这个房间挺大的，没关系。”

“实在不好意思。”鲛岛点了烟，扭头看着岛田，“年轻时读到奎因作品中精妙严密的逻辑，让我无法自拔。话虽如此，从过分追求逻辑性这一点看，奎因早期作品的逻辑构筑很可能会被人评价为‘沙滩上的城堡’。”

“要说我这个读者，比起逻辑，我更重视意外性。即使有些不公平或者其他问题，只要最后能华丽逆转，令人大吃一惊，我都能够接受。”

“那么，你应该喜欢舟丘君的一系列短篇作品吧？”

“是啊。说到‘精妙严密的逻辑’，鲛岛君应该喜欢崛之内……不，是林君的风格吧？”

岛田把到嘴边的林宏也的笔名咽了回去。他也听说过，在宫垣

①科林·德克斯特（1930— ），英国推理作家，笔下的侦探为爱好填字游戏的刑事调查局组长莫尔斯。

② P.D.詹姆斯（1920— ），英国推理作家，被尊称为“推理小说第一夫人”。

的住宅内有一条规定，就是“不能用笔名称呼”。包括他在内，所有来客到现在都遵守着这条规定，应该是对作为馆主的老作家的尊敬和畏惧吧。

接下来，评委们继续讨论推理小说，很快就到了午夜零时，桂子离开了。宇多山把她送回了房间，之后在返回大厅时，他迷了好几次路。

三更半夜，一个人走在昏暗的迷宫里。

灰黄色的墙上挂满了一直盯着这边的石膏面具，那些白色的眼睛跟往常不同，叫他毛骨悚然。他只好迈着酒醉后踉跄的步子匆匆走着。途中他停下来好几次，想对那些面具说些什么，但记忆马上又变得模糊不清。

等他终于回到大厅时，只见岛田正在给鲛岛做各种折纸手工。他又打开一瓶威士忌，直接喝起来。宇多山双眼充血，大谈宫垣叶太郎写的小说在各个方面是如何精彩绝伦。

夜渐渐深了……最后一次确认表上的时间，大概是午夜一点多吧。

宇多山倒在大厅的沙发上睡着了，他反复梦见自己在一座从未见过的迷宫里没完没了地徘徊。

第四章　第一篇作品

1

黑黑的天花板上布满了几何形状的铁条，从铁条之间厚厚的玻璃窗中透过的光线照亮了黑暗。浅蓝色的阳光让黯淡的夜色退去，这种光明与黑暗的交替剧自远古神话时代开始反复延续至今。

魑魅魍魉一直在黑暗中横行霸道，而现在整个房子终于从它们的魔掌中解放出来。然而，有一个人没能从中逃脱，永远留在了冰冷的黑暗中。

迷宫象征着古往今来的死亡和转生，怀抱着迷宫的迷宫馆，在它最深处的正方形房间里——

有个人仰面躺在象牙色的长毛绒毯上，僵硬的四肢不自然地扭曲着，冰冷的十指不自然地张开。他的生命已经落入混沌的黑暗中，变成了一个肉块。

死亡比起其他生命状态来，更具有异常的芬芳。而且，这具尸骸还有一个不寻常的特征，那是一个虽然残忍却又滑稽得像小孩子恶作剧的奇怪装饰。

他的颈部有个如同毒蛇张开大口般的伤痕，脑袋像折断的菊花一样已经不在原来位置。这具尸体漂浮在暗红色的血海中，原本是头部的位置上放着一个奇异的东西。

为这个房间命名的怪物栖息在迷宫里，这个奇异的黑色东西具有那个怪物的容貌和姿态——它就是昨天晚上还挂在墙上的水牛头！

2

“宇多山君，宇多山君！请你起来，宇多山君……”

宇多山感觉肩膀正被猛烈摇晃着，好不容易才睁开眼睛，却无法集中焦点，在朦朦胧胧的视线中央出现的是鲛岛智生张着嘴的脸庞。

“……宇多山君！”

“啊……早上好。”

他想站起来，可脑袋却在不停地摇来摇去，从头顶到耳根传来阵阵刺痛。

“又喝多了啊。这里是……啊啊，是大厅吗？”

看来昨晚在沙发上睡着了，对襟毛衣的扣子松着，裤子也皱巴巴的。

“发生什么事了，鲛岛老师？”

“出大事了。总之，请你先起来，然后跟我一起走。”

看来真的发生了什么大事，鲛岛脸上毫无血色，眼中明显透露出惊恐。

“究竟怎么了？”宇多山再次发问，并从沙发上坐起来。他感到一阵天旋地转，只好单手撑住沙发靠背。

“你没事吧？”

“没事，我已经习惯宿醉了。先不说这个，到底发生什么事情了？”

“出了大事。”鲛岛皱着眉头回答道，“须崎君死在会客室里了。”

“须崎君……”宇多山怀疑自己听错了。这是现实，还是仍在噩梦之中？“死了的话，是怎么样……”

“那、那个，”评论家卷着不灵光的舌头答道，“实际上，不管怎么看，都应该是他杀。”

“他杀……”

（须崎昌辅被杀了？）

看着鲛岛的表情，就知道这应该不是在开玩笑。瞬间，宇多山的醉意跑得一干二净，取而代之的是猛烈袭来的恶心和眩晕。

（须崎昌辅被杀了……）

鲛岛嘴里说着‘总之，快点过来’，宇多山跟在他身后，从大厅往走廊奔去。

夜晚变成了白天，现在已经接近中午，阳光透过天花板的彩色玻璃窗射入，令迷宫馆的迷宫跟夜晚看起来大不相同。从上方射入的光线略显蓝色，虽然周围很明亮，但有些地方似乎仍然潜藏着黑暗。

鲛岛在睡衣外披了一件薄薄的外套，几乎狂奔一般在前面走，宇多山则踉踉跄跄地跟在后面。

当他们到达位于馆北边的那个房间门前时，发现清村淳一身穿西式睡衣站在门外。他像要阻止室内的什么生物跑出来似的，背靠着紫黑色的门板。看到来的是宇多山他们，他才露出松了一口气的表情。

“是岛田把我喊醒的，这家伙到底……”

“角松呢？她在这里吗？”

听到鲛岛的问题，清村微微点头。“我赶过来的时候她就蹲在这儿，脸色苍白，现在似乎已经回房间休息了。”

“岛田君呢？他在哪儿？”

“他喊圆香和林君去了。”

在这个时候——

一阵脚步声传来，震动着冰冷而凝重的空气，是岛田洁和林宏也来了。岛田在长袖棉毛衫外面套了件运动衣，林穿着跟清村一样的西式睡衣，大家似乎都是从睡梦中被叫醒的。

“桂子呢？”宇多山突然想起来。

“刚才我去过她房间，”鲛岛答道，“但我认为尊夫人还是不要过来为好，就让她换好衣服在大厅等着吧。”

“这样啊？啊啊，多谢了。”

“我们还是快点看看里面的情况吧。”岛田说着，走到了门前。

“须崎君真的在里面吗？”

“是的。”清村一边回答，一边把手按在眼皮上，缓缓摇了摇头，“胆小的人还是不看为好。”

“不好意思。”岛田说着，把挡在门前的清村拉到一边，伸出细长的手去抓门把。

“这扇门的钥匙呢？”

“角松叫我来的时候，门没上锁。”鲛岛答道。

“嗯。”岛田点点头，转动门把，然后慢慢推开门，这时候——

“呜哇……”

分不清是尖叫还是呻吟的声音，从岛田以及在后面往室内窥视的宇多山和林口中发出来。

这是一个正方形房间，墙壁呈朴素的红褐色，地上铺着象牙色的长毛绒毯——正是三个月前宇多山跟宫垣叶太郎作最后交谈的会客室“弥诺陶洛斯”。

房间中央摆着一套古典样式的沙发，从门口看去，沙发左前方的地板上躺着那个东西——须崎昌辅的尸体。

他穿着跟昨天晚上离开大厅时相同的服装——黑色的西裤配朴素的茶色毛衣。他纤瘦贫弱的身体仰面朝天，已经不可能再动弹。以头部为中心，绒毯上到处是暗红的色块，如实地宣告了他的死亡。

然而，在那刺眼的血色上面，有一个点令围观者从心底为之战栗，那就是尸体奇异的形状。

脖子已经折断了，不，应该说头几乎被扯断比较恰当。

脖子上有个很大的裂口，而且仿佛还在扩大。头部已经不在原来的位置上，扭曲得接近被扯断的状态。

尸体奇怪的地方不仅于此——

头部被强行“挪走”，取而代之的是长着两只角的黑色水牛头。

“啊啊……”

“太凄惨了。”

岛田也好，宇多山也好，林也好，都不由得移开视线。从门外第二次往里看的清村和鲛岛说着“抱歉”，缓缓摇了摇头。

“明显是他杀。”岛田觉得喉咙都在发抖，“真是的，为什么要做这种……”

他打算走到房间正中。

“请等等，岛田君，”宇多山对他说道，“最好别进去，总之，先报警吧。”

“嗯嗯，我明白。”岛田一边回答，一边又往前踏出一步，看着室内的情况。

“那个水牛头本来就在这个房间里吗？”

“是正面墙上的装饰品。别说这个了，赶紧报警……”

“请稍等。”大声说话的人是清村，“要报警？麻烦稍等一下，你们要违背宫垣老师的遗言吗？”

“什么……”宇多山大吃一惊，望向清村，“这种场合下，就别再说那种话了。”

“我明白这是紧急状况，但叫警察来之后呢？自然，这场争夺遗产的竞赛会中止，数十亿奖金就此泡汤。希望你从我们的立场上考虑一下。”

“这、这么……”

清村的表情十分认真，他先用锐利的目光盯着狼狈不堪的宇多山，然后把视线转向旁边的林。

“怎么样，林君，你也是这么想的吧？”

林十分狼狈，没法给出回答，只是惊慌地垂下视线。

“真是——”宇多山强忍着从喉咙涌上来的呕吐感，“有一个人被杀了，你还说那种……”

“喂喂，到底发生什么事情了？”舟丘圆香来了。她拿着之前那张记录房间分配情况的平面图，一边揉着惺忪的眼睛，一边歪头看着挤在门口的五个人。

“说是出了大事快过来，到底是什么事？”

她穿着印有华丽花纹的连衣裙，看来是被岛田叫醒后穿戴整齐才出来的。

“我也想听听舟丘老师的意见呢。”清村说道，“你是怎么看的，也就是说……”

“这个房间里面？又有谁在搞恶作剧吗？”圆香不理清村，自行走到门边，从岛田身旁窥视室内。同时，从她嘴里发出令人耳膜刺痛的惨叫——

“舟丘君。”

她的身体直往后倒，宇多山连忙抱住她。

“没事吧？振作点。”

“这也难怪，”鲛岛一边帮忙扶着圆香的身体，一边自嘲道，“我都差点晕过去。”

“总之，先回大厅吧。”岛田说着，反手把门关上。

“虽说必须得报警，但还是先听听井野君的意见吧。鲛岛老师，他还没起床吗？”

“那个——”鲛岛轻轻摇了摇头，“他好像不在房间里。昨天不是说要去买东西嘛，我想他大概已经出去了。”

3

岛田和宇多山抱着昏迷的圆香，六个人沿着错综复杂的走廊迷宫往大厅走去，途中谁也没有开口讲话。

刚才看到的凄惨场景，还黏糊糊地缠绕在宇多山的脑子里，挥之不去。他只好死命忍着不住上涌的呕吐感。

大厅里只有桂子穿戴整齐等着大家，看到宇多山他们进来，马上从躺椅上站了起来。

“听说杀人了，是真的吗？”她脸色苍白地问道，“啊，舟丘君怎么了？难道是她被杀了？”

“被杀的是须崎君，”岛田告诉她，“这个人只是晕过去了。”

两人费力地把圆香那比看上去重很多的身体放在沙发上，桂子从餐柜里取出白兰地。

“拜托你照顾她。”宇多山对妻子说道，然后往摆在L字形房间角落的电话台走去。突然，有人从旁边紧紧抓住他的肩膀，是清村。

“等等，宇多山君。”

“不行。”宇多山斩钉截铁地摇了摇头，望着身材高大的清村，“无论是否违背老师的遗言，既然发生了这种事……”

“你真是个死心眼儿。”

“不是这个问题。鲛岛老师，你怎么看？”

评论家缓缓点着头。“宇多山君的确没错。”

“哈？”清村眉毛一挑，尖声咒骂起来，“这对你们来说没什么，报警了，竞赛泡了汤，你们也没什么大损失，但是……”

宇多山不理会清村，把手伸向电话，听筒还没在耳边放好就开始拨打号码。他的手指在发颤，恶心和头痛让他直冒汗。

他重新拿好听筒，贴在耳边——这时才发现从听筒里听不到信号声。

“怎么了？”鲛岛看到宇多山的样子，连忙问道。

“电话不通。”

“啊？”

宇多山放下听筒，又重新拿起来贴到耳边，但依然听不见任何声音。

“要么是故障，不然就是哪里的线被切断了。”

“这样的话……”

电话线被切断了——是被人切断的吗？如果事实如此，那么是谁干的？

呕吐感变得十分剧烈，宇多山扔下听筒，捂着嘴往厨房跑去。他把头伸进水池，拧开水龙头，开始了一阵痛苦的呕吐。

“没事吧？”回过神来，他发现桂子来了，正在给他揉背。

“啊啊……谢谢，大概没问题了。舟丘君情况怎么样？”

“已经恢复意识了。”

他对着水龙头喝了几口水，总算舒服了些。在桂子的催促下，他摇晃着沉重的脑袋回到大厅。

圆香刚从昏迷中醒来，正蜷缩在沙发里。鲛岛低着头坐在她对面。清村和林站在稍远处的桌子旁，板着脸一言不发。

“岛田君呢？”

听到宇多山的问题，鲛岛举起手指了指南侧的门，那是通往地上的楼梯前面的门。

“他去调查正门了。”

宇多山正想上去，岛田就回来了。

“不行，”岛田关上门，报告说，“那边也上锁了，没法判断井野君有没有外出。没有备用钥匙吗？鲛岛老师有吗？”

“我记得全部都在井野君那边。”

“除了正门之外，还有其他出口吗？”

“没有。”岛田说着，又吸了吸鼻子，“只好等他回来了。”

4

“那个正门是这幢建筑物唯一的出入口，昨天黑江医生回去的时候井野君把它锁上了，之后正门应该是一直关着的。今天早上井野君出去买东西的话，应该是他开门出去后把门再度锁上了。于是——”岛田一边小声嘀咕着，一边看着通向走廊深处的门，“从昨晚到今早这段时间内，须崎君的尸体就在那个会客室里。”

接下来，他在大桌子旁边坐下来，对分散在屋子各个角落的人说道：“各位，在井野君回来之前，我们试着讨论一下这起事件吧。这个时候还沉默不语的话，对大家的精神状态是十分不利的。”

“你是觉得获得了一个让名侦探活跃的舞台吗？”清村像吃了黄连一样苦着脸笑了笑，“你要是喜欢，就随你便。”

“别说得好像跟自己毫无关系，清村君。我刚才说了，从昨晚到今早，这幢建筑物处于‘地下密室’的状态。如果这个地方发生了杀人事件，那凶手当然在这里的聚集者之中。”

“在我们之中？”圆香在沙发上尖叫起来，“那——做出这种残忍行为的人在我们之中？”

“正是如此，”岛田毫不犹豫地说道，“我认为不可能是陌生人干的。比如，有个我们不认识的人潜伏在这幢建筑物的某处，这种可能性可以先排除。”

“但是，为什么要杀死须崎君呢？”

“动机吗？”岛田很吃惊似的耸了耸眉毛，“你还会有那种疑问，真让人意外。说到动机，我们之中至少三个人有明显动机。”

“怎么可能！”圆香高声叫道，然后站了起来。她的长发晃来晃去，苍白的脸上，红唇扭曲着。“我们为了减少竞争对手而杀人，你是想这样说吗？”

“哈，胡说八道。”清村咬牙切齿地说道，“要是杀了人，警察一来不就全完了？”

“因此，为了让我们无法报警，就把电话线切断。”

“即便如此，井野君一回来，结果还不一样？”

“确实，不过呢……”岛田支吾着，突然在椅子上展了展细长的身体，“这个讨论先缓一缓。总之，目前的问题在于我们无法和外边取得联系，所以有必要在一定程度上把握事情的轮廓，这样可以吗？首先，我被鲛岛老师叫醒后才知道这起事件。鲛岛老师说是角松最先发现的，是吧？”

听到这话，鲛岛从沙发上站起身来。“要不，把她叫来？”

“好啊，感觉把她一个人留在房间里也不大合适。”

评论家点点头，然后朝厨房的方向走去。角松富美祐住的房间“波留卡斯特”（这是代达罗斯妹妹的名字）跟其他房间不同，跟厨房之间有门相通，不需要从走廊的迷宫中绕道过去。

不久，老女佣出现在大厅里。她下身穿一条深灰色的裙子，上身披一件茶绿色的对襟毛衣。浅黑色的脸上布满皱纹，可能是因为恐惧吧，表情十分僵硬。她战战兢兢地跟在鲛岛身后，凹陷的双眼半睁半闭，一直盯着鲛岛的脚跟。

岛田问起发现尸体的经过，角松用很重的口音让他重复一遍——看样子她的耳朵确实有点背。

“请你说说在会客室发现尸体的经过。”鲛岛把嘴巴凑到她耳边，将岛田的问话重复了一遍。

“啊啊……我不知道，什么都不知道啊。”角松轻轻摇着头，不停说着“不知道”。在大家的再三安抚下，她好不容易才说出一些事实，归纳如下：

早上九点她到厨房开始准备早饭，大概不到十点就基本搞定了。大厅里只有宇多山在沙发上睡觉，还没有人起床，她觉得大家应该不可能在十点准时出来。

收拾好玻璃杯后，她来到走廊，因为井野拜托她把娱乐室和会客室也收拾一下。她先看了看娱乐室，然后去会客室，在那里看到了“那个东西”。

“当时门上锁了吗？”岛田问她。

她轻轻摇了摇头。“那边的门一直没上锁。”

“噢，换个话题，你有正门的备用钥匙吗？”

“昨晚给井野了。”

“那你今早看到他了吗？他好像出去买东西了。”

“没。”

“嗯……”

“怎么不见老爷啊？我想回家了。”

“呃，别别，这个……”即便把昨天发生的事情告诉她，她也未必理解得了。岛田不知道该如何回答。

“老师的病还没好。”鲛岛伸出了援手，“他让你在警察到来之前暂时待在这里。”

好歹说服了角松，让她回到自己的房间。岛田坐回原来的椅子。

“于是，”他目不转睛地看着鲛岛，“惊慌失措的角松就跑来喊你，对吧？”

“嗯，她好像先去了宫垣老师的房间，发现没有回应，就去了井野的房间，井野也不在；接下来就到我的房间去了。”

“平面图是不是也给了她一张？”

“没有，不过她好像已经熟悉了这座房屋里迷宫的构造。井野每次来住的房间都是固定的，我认为她来找我只是因为我住的房间离井野最近。”

“原来如此，然后鲛岛老师就直接跑去会客室了。”

“一开始时我并不清楚发生了什么，听她说话根本不得要领。我一头雾水被她拉到那个房间，往里一看，吓得站都站不稳。”

鲛岛现在仍然一脸苍白，像要抹去铭刻在脑海深处的不快记忆一般摇了摇头。

“当时角松已经精疲力竭了，于是我只好独自去喊大家起来。宇多山君不在房间，接着我跟桂子夫人打了个招呼，然后又去了岛田君的房间。”

“是这样啊。”岛田接过话，“我负责喊清村他们，鲛岛老师去大厅找宇多山君……就是这样。好了，发现尸体之后的经过已经梳理了一遍，有哪位发现什么问题没有？”

岛田像个会议主持人似的巡视着大家。

作家、评论家、编辑及其妻子——对于聚集在这里的人而言，这种场面已经很熟悉了，不过那也只是在与他们工作相关的“小说”里的事情。如今他们面对的情景跟小说十分相似，却是千真万确的、现实中的杀人事件。

“话说回来，”岛田见大家都不开口，只好自言自语般说道，“那具尸体，那种奇怪的形状……”

“尸体的姿态吗？怎么奇怪了？”桂子微微歪着头问宇多山，宇多山却不知道该不该告诉她。

“脖子被砍开一半，几乎被完全砍断。”清村用异常清晰的语气说道，“不过呢，凶手不知道出于什么想法，在原来头部的地方放了一个水牛头。从须崎老师瘦弱的身体上长出一个黑漆漆的牛头，只能用‘奇怪’来形容。”

“别说了，”圆香严厉地盯着他，“我不想再回忆起那个场面。”

“不……恐怕这是个重要问题。”岛田认真地说，“死因不调查是不会明白的，是砍头致死的呢，还是杀人后再把头砍下来的呢？不过，砍头用的斧子好像落在沙发后面了。”

“我也注意到了，”清村说，“斧子和剑是一套的，都是那个会客室的装饰品。”

“嗯，原本都在会客室里吗？不过，问题还是那个水牛头。”岛田摸着下巴陷入沉思。

“那不是理所当然的吗？”清村露出门牙说道，“指向那个房间的名字啊，‘弥诺陶洛斯’——牛头怪物。”

“哦，当然有可能是那样。”

“你是说还有别的意思？哈，岛田君，莫非，”清村像突然想起什么似的，“你是不是想说被杀的是‘弥诺陶洛斯’，所以凶手是住在‘忒修斯’的我？”

5

到下午一点，井野满男还没回来。在这段时间内，角松富美祐为大家准备了午饭，但几乎没人动筷子。然后——

眼看就到两点了。

“太奇怪了，”之前一直不讲话的林突然小声说，“井野君还没回来。”

“是啊，虽说要买好几个人的东西，但也不至于花这么长时间。”岛田摸着下巴。

林用手抓着乱蓬蓬的头发。

“不会是发生了什么事故吧？”

“也有这种可能，不过在这之前，”岛田从椅子上站起身，“我还是先去井野君的房间看看，有谁和我一起去吗？”

“我去。”宇多山回答道，桂子不安地看着他。

“我已经没事了。”宇多山轻轻拍了拍胸脯，烦人的恶心和头痛总算消失了。

他跟岛田一起离开了大厅。

“谢谢你，宇多山君。我一开始就觉得有点可疑——”岛田拿着平面图在走廊里匆匆前行，同时向宇多山搭话道，“井野君可能不是出去买东西了。”

宇多山也渐渐产生了怀疑。首先，井野外出却不跟任何人打招呼，这点就很奇怪，至少他应该跟从九点开始就待在厨房的角松富美祐说些什么。

井野为何至今不露面呢？当他提出这个问题时，岛田呼哧呼哧地吸着鼻子，又歪了歪头。

“他该不会被杀了吧……”

“我也说不清楚。嗯，他也被杀了，的确有这种可能性。”

井野的房间“欧罗巴”在馆的东侧，跟宫垣书房的南墙邻接，而“欧罗巴”的南边则与分配给鲛岛的房间“帕西菲”相邻。不过虽说是“相邻”，但房间的门和门之间隔着绕来绕去的走廊，所以彼此间的距离并不算近。

两人一边在平面图上反复确认路线，一边往前走，很快就来到了他们要找的房间门口。岛田将刻着“EUROPE”的青铜牌子看了好几遍。

“这是米诺斯母亲的名字吧？”他说，“她是腓尼基王阿革诺耳的女儿。宙斯爱上了她，就变成公牛的样子，让她坐在背上，来到了克里特岛。在那里，她给宙斯生下了米诺斯。”

“你知道得很详细嘛。”

“哪里哪里，昨晚睡觉前在图书室里学来的。时至今日，我依然对这些神话故事的作者深表敬佩，他们竟能将神与人之间如此复杂的关系融入故事之中。”

说着，岛田使劲敲了敲门。

“果然毫无动静。”岛田小声嘟囔着，伸手去拧门把。“啊，门是开着的，井野君没有上锁。”

“哦？”

“在这种情况下，我已经有了破门而入的准备。”岛田推开门，跳跃似的踏进房间里。

这个房间与其他客房的构造几乎完全一样，八张榻榻米大小的空间里摆着床、书桌、小桌子、小凳子以及墙上的穿衣镜。

可并没有看到井野。

岛田毫不迟疑地走进房间深处，打开了卫生间的门。宇多山瞬间为自己的某个预感打了个冷战，他担心秘书的尸体会从那里滚出来。幸好——

“也没有。”

岛田转过身，弯腰窥视着床下，但仍然一无所获。

接着，他又打开固定在右侧墙上的衣柜。

“西装还挂在这里，”他指着衣柜里边说，“这是井野君昨天穿的衣服吧？”

“对，是的。”

“哎呀，内侧口袋里还装着钱包！你不觉得这家伙越来越奇怪了吗？”

岛田再度环视房间四周，然后走到放在床前的书桌旁。只见收在书桌下面的椅子上放着一个黑色的公文包。

“包也在。”

他把公文包拿到桌子上，毫不迟疑地查看起来。很快，他掏出了一个茶色的皮革票夹。

“嗯，驾照还在里面。”

一丝不苟的井野不带驾照就开车外出？这不大可能。

岛田又在井野的公文包里翻找起来，过了一会儿，从里边拿出几张纸条。

“你看，这是昨晚我们托他买东西的单子，这下子就毫无疑问了。”

接下来，岛田又检查了桌子的抽屉和床前的行李箱，都没找到井野手上那串全屋各房间的钥匙。宇多山也帮忙一起找，可惜最终还是一无所获。

“事情难办了。”岛田皱起眉头，然后抱住胳膊，“井野君十有八九没离开这座房子，所以再怎么等他也不会回来。因此，假如他再也不在我们面前出现的话，那就意味着我们完全被关在这个‘地下密室’里了。”

6

“我想稍微绕点远路，你愿意跟我一起走吗？”两人离开“欧罗巴”准备回大厅，刚走进迷宫时，岛田突然说道。

“绕点远路？这样说是什么意思？”

“先不说每个人住的房间，需要调查的地方还有好几个吧，也许井野君就在其中一个房间里。”

井野的尸体……实在很难说出口。

“除了图书室和须崎被杀的房间，还有一个空房间。至于娱乐室，早上角松好像已经看过了，我想可以暂时不去。”岛田打开馆的平面图，仔细看着。

“须崎君的房间是‘塔洛斯’，空房间是‘美狄亚’。从这儿开始走，是先到图书室吧？”

尸体所在的会客室东边就是名为“欧帕拉摩斯”的图书室。在白天，泛蓝的光线照在迷宫里，光线的缝隙间潜伏着黑暗。两人沿着迷宫往图书室走去。

到了岔道，右侧是图书室，左侧是会客室。岛田停下脚步——宇多山不由得感到一阵紧张，担心岛田提议再去现场看一看。

那种血淋淋的惨状在他脑海里鲜明地复苏了，他希望不要再看到那种场面。再说，凶手就在客人之中，说不定现在身边这个来历不明的人就是凶手。

（啊啊……不会吧？）

他想着不会吧，但是……

“你怎么了？”岛田惊讶地眯起眼睛，“哈哈，难道你在怀疑我？”

“啊，不是，没有的事……”

“你的心思全写在脸上。”岛田说着，微微一笑，“不用担心。就算我是杀人狂，在这里袭击宇多山君的话，等于向大家宣告自己是凶手。我是不会做那种傻事的。”

昏暗的图书室里摆满了高高的书橱，应该是把位于成城的房子里的藏书全部搬过来了，书的数量远远超过一般中学的图书馆。

两人分头查探房间的每个角落，却发现没有什么可疑的地方。

回到走廊，两个人往馆的西侧走去。

他们来到从大厅出发向北延伸的直线上，在这个地方折向西边，然后绕过一个U字形路口，路又开始向南延伸。接下来往南走到尽头，又出现一个U字形路口，于是两人再往北去。

“跟东边比起来，这里复杂得多，”岛田一边看着平面图一边说，“这条路上净是岔道。”

这条走廊前行方向的左边，也就是西侧，全是岔道，总共有十六条。

“‘美狄亚’在……呃，第十条岔道。”岛田放慢了脚步。

宇多山曾在西侧的房间住过，这里的确比东侧更容易迷路。

(而且——)

宇多山望着前方，陷入沉思。

(那些面具……)

十六条岔道的墙壁上挂着之前提过的石膏面具，每个面具都目不转睛地望向这边。白天还没什么感觉，到了夜色黯淡的时候，万一碰上这些眼睛，会让人不寒而栗。宇多山有过好几次这样的经历。

他们拐进第十条岔道，一只露着牙齿的狮子像看守般对两人怒目而视。

空房“美狄亚”的门没有上锁，里面一个人也没有。他们调查了洗手间、底下和衣柜，没发现什么奇怪的东西。

最后是须崎昌辅的房间，两人往那个方向走去。这个房间位于林和圆香的房间之间。

门上的青铜牌子刻的是“TALOS”。在古希腊神话中，有个叫“塔洛斯”的青铜人，是克里特岛的看守，但他不是这里说的塔洛斯。这个塔洛斯是波留卡斯特的儿子，即代达罗斯的侄子，因才能卓绝遭到代达罗斯的嫉妒而被杀害。

这扇门也没有上锁。如果上了锁，还得去查看死者的衣物，寻找钥匙。

房间里开着灯，开关就在进门后左侧的墙上。看来须崎本打算离开一下马上回来，结果一去不返。

两人按同样的流程调查室内，但还是没发现什么可疑的东西。除了跟其他各房间一样的家具之外，就只有为写作比赛准备的打字机和失去了主人的行李。

“一无所获啊。”可能是感冒了，岛田觉得有点热。他把手掌按在被刘海遮盖的浅黑色额头上，回过头来。

这时，宇多山注意到书桌上打字机的显示器微微发出亮光。

“岛田君，看这边。”他提醒岛田注意，然后走到桌子前，把脸凑近看了看，“机器还通着电，他是把显示器调到最暗之后才出去的。”

“上面写着什么？”岛田急忙跑回来。

“大概是写作中的稿件吧。”宇多山转动亮度调整旋钮，然后盯着显示器。

“果然如此。”

画面上的字排列得密密麻麻，页数显示是“第 1 页”——看样子是刚开始写作。

画面的最上面用大号字体写着标题“弥诺陶洛斯的首级”，接着在“1”字之后，是小说的开头部分。看到这个标题，宇多山出奇地感到心绪不宁，再往下看后续的文章，就忍不住惊讶地高声叫起来。

“这是——”

几乎是同时，从岛田口中也说出了同样的话。

“这是……啊啊……”

弥诺陶洛斯的首级

1

黑黑的天花板上布满了几何形状的铁条，从铁条之间厚厚的玻璃窗中透过的光线照亮了黑暗。浅蓝色的阳光让黯淡的夜色退去，这种光明与黑暗的交替剧自远古神话时代开始反复延续至今。

魑魅魍魉一直在黑暗中横行霸道，而现在整个房子终于从它们的魔掌中解放出来。然而，有一个人没能从中逃脱，永远留在了冰冷的黑暗中。

迷宫象征着古往今来的死亡和转生，怀抱着迷宫的迷宫馆，在它最深处的正方形房间里——

有个人仰面躺在象牙色的长毛绒毯上，僵硬的四肢不自然地扭曲着，冰冷的十指不自然地张开。他的生命已经落入混沌的黑暗中，变成了一个肉块。

死亡比起其他生命状态来，更具有异常的芬芳。而且，这具尸骸还有一个不寻常的特征，那是一个虽然残忍却又滑稽得像小孩子恶作剧的奇怪装饰。

头部的位置上放着一个奇异的东西。

为这个房间命名的怪物栖息在迷宫里，这个奇异的黑色东西具有那个怪物的容貌和姿态——它就是昨天晚上还挂在墙上的水牛头！

第五章 砍头的逻辑

1

“什么？”宇多山和岛田回到大厅之后做了汇报。听到汇报的最后部分，清村瞪着眼睛叫道：“跟他正在写的小说完全一致？这是真的吗？”

“嗯。”宇多山点点头，“只写了开头，但内容简直是那个现场的重现！”

“原稿描写‘弥诺陶洛斯厅’里尸体横陈，而头部所在的位置放着之前提到的水牛标本……”岛田补充道，“遗言提到的条件之一，是作品中的被害人必须是作者本人，所以须崎君作品中的尸体当然是他本人。”

“别开玩笑。”清村粗暴地说着，往玻璃杯中倒满白兰地。看样子，自宇多山他们离开大厅之后，他就开始一个人自斟自饮了。

“又不是《Y 的悲剧》[①]，凶手到底为什么非这么干不可？”

“不过呢，”岛田吸了吸大鹰钩鼻，“如果现场那个‘弥诺陶洛斯’是对须崎君作品的‘模拟’，那么我们多少可以预见凶手的行动。也就是说，凶手至少应该在‘装饰’尸体前，就读过须崎君在房间打字机上写的文章。不过，还不清楚是在杀人前还是在杀人后看到的。”

“杀人前的可能性比较高吧，”蜷缩在椅子上的林突然开口说道，“凶手看了那篇文章之后，把须崎君带到会客室，并在那里杀了他。我认为这样比较自然。”

“确实如此。”岛田眯着凹陷的眼睛，“杀人之后再去读文章有点勉强，但有一点让我很在意……”

“比起那种事情，岛田君，”清村将盛了白兰地的杯子重重放在桌上，“井野君的下落不是更重要吗？”

在回大厅的途中，岛田和宇多山发现大厅附近有洗手间和浴室，于是进去看了一下，但还是没发现井野。

“刚才你说他似乎没有出去买东西，证据是驾照和购物清单还在。他行踪不明，正门的钥匙也没找着，别说报警了，我们目前连从这座房子里出去都办不到。”

“看来是这样。”

“那我们怎么应对？”清村环视着大家，被前夫视线扫过的圆香十分不快。

“讨厌，”她歇斯底里地大叫，“我死也不想待在这座摆着尸体的房子里。”

“这也没办法，舟丘女士。”

---

①美国推理作家埃勒里·奎因的代表作，简体中文版已由新星出版社出版。

“杀人犯也跟你在一起，你还这么镇定。”

“我哪里是镇定啊，我也希望这具血淋淋的尸体只是在小说中出现。”

“看不出来啊。”圆香苍白的脸上略微泛起红潮，“你不是很讨厌须崎君吗？说他装出一副博学多才的样子，真令人厌恶。”

“喂喂，别说了。”

“而且，你最近炒股亏了一大笔钱吧？所以为了得到‘奖金’，就把竞争对手给杀了。”

“别胡说八道，”清村无可奈何地咂着嘴，“要是这么说，你也一样。听说你被一个品行不端的男人缠上了，要你养活他。林君的话——”他把视线转向小个子男人，“最近你开车出了事故吧，真糟糕。”

“那、那个……”

“再说，须崎老师对你可是迷恋不已，你曾经愤怒地叫他别太过分了。”

须崎昌辅是同性恋，这在圈子里是众所周知的事实。宇多山也知道他最近一两年一直缠着林。

“总而言之，姑且不论私人恩怨，有这十几亿在，对我们中任何一个人来说，动机都足够充分了。”

林低下了头，圆香咬住嘴唇一言不发。清村看了看两人的脸，又将视线转向岛田。

“但也不能因此得出结论说我们中的某个人杀死了写作比赛的对手，至少我不是这种头脑简单的人。姑且不说这个——”

“你要说什么呢？”岛田饶有兴趣地挑了挑眉毛。

“我们三人以外的某个人，因为完全不同的动机，借这次的‘遗产继承竞赛’把须崎君杀了，并嫁祸给我们，这种解释也说得通。”

“原来如此，我、宇多山君夫妇以及鲛岛老师，或者还有那个当女佣的老婆婆，这里面的某个人是凶手，对吧？”

“真让人吃惊，”鲛岛露出一副吃惊的表情，“为什么我要……”

宇多山的想法跟鲛岛一样，但清村的说法也有一定道理。

“如果我把这起杀人事件写成小说的话，凶手大概就是你了，岛田君。”清村歪着薄薄的嘴唇说道。

岛田听了，只能露出复杂的微笑。

“有个隐藏在过去的动机，是吧？”

“嗯，就是那样。”

“哎呀，请你务必抽时间写出来。”

岛田若无其事地往沙发的方向走去，正当大家不知道他要干什么的时候，只见他将手伸向玻璃茶几下面的纸巾盒里，说了声“不好意思”，然后擦擦鼻涕，再次望向大家。

“话说回来，就像刚才清村君提到的，重要的是我们怎么应对目前这种事态。电话不通，正门又上了锁……”

“用把门撞开之类的方法出去不行吗？”宇多山说道。

“这行不通。”清村立即否定，“正门那边是一扇青铜格子门，外侧还有一扇石头门，我们这种小打小闹是弄不坏的。”

“但是……”

“有钢锯的话另当别论，不过工具之类的东西放在上面的仓库里，不突破格子门就拿不到。这也在凶手的计算之内吧。”

“那么……对了，打破屋顶出去怎么样？”

“我觉得那也行不通。”清村抬头看着天花板，“即便想办法把厚厚的玻璃窗打破，还有铁枝挡着，能不能把头伸出去还是个问题。”

“但是，那……”

“你想说就这样一直被关在屋里吧？”圆香把头发披散开来。

清村只是耸耸肩。

“哎呀，我们又不会饿死。很多人知道我们来这儿，如果我们到四月六号这个期限还不回去，应该会有人因担心而打电话过来，发现电话打不通……”

“直到有人寻找我们，期间就只能一直这样待着？”

“就是这样，所以——”清村一本正经地说道，“我们还有充分的时间来完成宫垣老师遗言中的指示。是吧，宇多山君？”

看来他始终想着要继续进行竞赛。宇多山不知道该怎么回答才好，只得模棱两可地摇摇头。

“清村君的意见在某种程度上堪称一语中的。”岛田把手撑在桌上，“目前我们要出去极为困难，警察来不了，我们除了等待之外别无选择。可是，杀人犯也在这里的可能性很高，所以我想……”

“你想说什么，我已经明白了，”清村盯着这个比自己还高一点的“读者代表”的脸说道，“要开始玩真正的侦探游戏了，是吧，名侦探？”

2

下午三点。

岛田首先声明自己没有玩侦探游戏的打算，然后根据他的提议，他和宇多山、鲛岛，还有桂子，四个人一起离开了大厅。

目的地是“弥诺陶洛斯”——须崎尸体所在的会客室。岛田的提议是，既然眼下没法指望警察，不如亲自去检查现场和尸体的状况。

拜托桂子一起来，是因为她对医学最有心得，岛田希望从她口中了解尸体的情况。虽然宇多山慌忙表示反对，但桂子却出人意料地露出冷静的表情，接受了岛田的请求。

“以前在大学只学过一些法医学的基本知识，我想可能起不了什么作用。”说着，她轻轻摸了摸明显突起的腹部，“对胎教不好吧，宇多山君？”

“而且……你身体没问题吧？”

“虽然有点害怕，但现在不是害怕的时候，我有这种觉悟。”

“但是……”

“跟第一次解剖实习时相比，这不算什么。”话虽这么说，但她的脸庞还是因紧张而变得僵硬。

清村、圆香和林三人留在大厅——要再去看一次尸体，简直是岂有此理。虽然宇多山也是这么想的，但不能让桂子一个人去。鲛岛也跟着来让他十分惊讶，虽然在走廊上前进的脚步十分缓慢。

一开门，只觉血腥味扑面而来。

须崎昌辅那具奇形怪状的尸体躺在绒毯上，平常用的眼镜从脸上掉落到不远处，紫色的舌头从唇边垂下，翻着白眼，头部所在的位置放了一个黑色的水牛头。

岛田第一个踏入房间，走到沙发背后，远远地观察着尸体。

桂子虽然一瞬间有点踌躇，但马上就冷静下来，这让宇多山十分吃惊。她让不忍直视惨况的宇多山和鲛岛站在门口，自己缓缓地走近尸体。

她避开绒毯上的血迹，把目光移向被扭弯的头部。

“死因是什么？是头被砍中后失血而死的吗？”

岛田看着尸体。

“不，”桂子先点了点头，然后像是发现了什么，又马上摇摇头，

“不是的，怎么看似乎都不是这样的。”

岛田大吃一惊，走到她身边。

“看这儿，脑袋后面有个很深的伤口，像是被某种重物的角砸过。”

“哦，真是这样，那么，这是致命伤？”

“不，”桂子再次摇头说，“恐怕也不是，我想这只能让死者昏迷。比起这个……请看看喉咙这里。”

在不知不觉间，宇多山也走到了桂子和岛田身旁，后面跟着战战兢兢的鲛岛。

“伤口很深，看不太清楚，你看得到这里有个细细的斑吗？”

“嗯，是勒痕。”

“我也是这么认为的。”

正如桂子所说，在颈部凄惨的裂口上方、沾满血迹的喉咙周围，可以看到一道细细的黑色条纹，明显是用细绳之类的东西绕住脖子的痕迹。

“也就是说，事情是这样子的，”岛田伸手指着尸体弯成“く”字形的上半身说，“凶手趁须崎君不备，用钝器——比如说桌子上那个烟灰缸——来砸他的头；等他倒下之后再用细绳把他勒死；接下来用斧子把他的头砍下来。能推断出死亡时间吗？”

“这个嘛，”桂子没有把握地歪着头，重新把视线投向尸体，“要推测死亡时间的话，我……”

“只要大概时间就好。”

桂子说着“这样啊”，将手伸向须崎垂在地上的左手。她挑了个没被血弄脏的地方蹲下来，轻轻抓住那只左手。

“很冷，而且似乎开始僵直了。脚那边怎么样？”

岛田抓起死者的脚，很快就说道：“不行，已经完全僵直了。”

“人的下半身在死后大概五六个小时会出现僵直，十二个小时左右扩展到全身。”

“按死后十二个小时算的话，死亡时间是凌晨三点。”

“不好意思，我只能了解到这种程度。”

“让你为难了，实在抱歉。不，应该说，谢谢你。”

从尸体旁边离开时，桂子打了个趔趄，看来还是受到很大的冲击和压力。她强忍着不适回答岛田的问题，宇多山觉得自己发现了妻子不为人知的坚强一面。

之后，岛田撇下回到门口的宇多山一行，一个人在房间里走来走去。

“相当重呢，这玩意儿。”说着，他把脸凑近掉落在沙发背后的那把用来行凶的斧子，但并没把它拿在手里，“不过，即便对女人来说，也不难控制——又不要连骨头都砍断，只要利用它本身的重量往下一挥，一击就可以……”

他叽叽咕咕地嘟囔着，又走到靠里的墙边。

“在这里啊！标本原来挂的地方是这儿吧？”

餐柜上方的红褐色墙上某处有一个小挂钩，看来这里确实是那个水牛头原本的位置。

“挂斧子的地方在那边吧？”岛田又指了指左边的墙壁，“嗯，跟剑是一套的。”

他匆匆往挂剑的地方走去，中途又停了下来，把脸转向房间的更深处。

“哎呀，这个房间也有镜子——在会客室里摆个穿衣镜可真少见。”

“岛田君，”一直脸色苍白、默不作声的鲛岛终于忍不住了，对这个“名侦探”大声说道，“够了吧，我已经没法在这个房间待下去了。”

“啊啊，不好意思，不知不觉就……”岛田挠了挠头，转身看着三人。然后，他像是被吸引过去似的再次移动目光，恰好停在尸体身上。

“问题果然出在这种形状上。”说着，他再度凝视倒在血泊中的尸体，然后才回到门前。“不觉得奇怪吗，宇多山君？”岛田像是提醒对方注意一样问道。

宇多山露出绞尽脑汁的表情，回应道：“是说凶案在模仿打字机里那篇小说吗？”

凶手为什么要那样做？岛田想问的是这个问题。只因为须崎写了这么一个杀人场景——这个答案是不能让他满意的。

“我说的不是这个意思，”岛田像是看穿对方心思似的说道，“对须崎君的小说进行‘模拟’，固然可以解释为凶手的异常性格或者异常爱好，但我关注的问题是，凶手为什么要做那些多余的事情。”

“多余的事情？”

“咦，你没注意到吗？”

“什么意思，我……”

“请回想一下须崎君的原稿，开头部分描写了装扮成弥诺陶洛斯的尸体，但只不过是说‘头部的位置上放着一个奇异的东西’，从来没有提到要把头砍下来，再将水牛头放上去。”

“这么说来……”

“当然，换成水牛标本，说起来会更像弥诺陶洛斯。但这样的话，把头完全砍下来再换掉不是更像吗？凶手为什么把尸体弄成这种并不‘彻底’的形状呢？”岛田像在等待回答般，依次注视着宇多山、桂子和鲛岛的脸，同时补充道，“我认为这也许是事件的关键所在，而且，我已经有了些想法。”

“是什么样的想法呢？”鲛岛问道。

“我们回大厅吧，在那里说。”说着，岛田快步走出门外，突然又停下脚步，回过头对桂子道，“夫人，说不定之后还需要你的帮助，到时请多关照。”

3

“哦，清村君到哪里去了？”四人返回大厅时已是下午三点四十分，岛田见清村不在，便开口问道。

“换衣服去了，他说一直穿着西式睡衣，心里不舒服。”林把手支在桌上，托着下巴，心不在焉地答道。他自己还穿着皱巴巴的西式睡衣。

“是嘛，那你为什么不顺便去换衣服啊？”

“啊，”林点点头，看着精疲力竭地靠在沙发里的女作家说，“舟丘君说她不喜欢一个人待在这里。”

“原来如此。”

不久，清村换完衣服回来。他下身穿一条做旧的牛仔裤，上身配一件浅紫色的长袖衬衫。

“现场检查结束了？”他一边用开玩笑的语气说着，一边从桌旁拉出一张椅子坐下，跷起腿，“接下来要审问嫌疑人喽？”

岛田满不在乎地微笑着，面对清村坐下，并把其他人叫过来。

“先把我已经弄明白的事情告诉大家。”岛田把现场的状况和死者的情形，向留在大厅的三个作家作了简洁的报告。“推断死亡时间是昨晚半夜到今天早上，更具体的时间很难确定吧，夫人？”

看到桂子点头确认，岛田宣称为了慎重起见，要询问那段时间内每个人的不在场证明。只不过，理所当然，在那段时间内没有人提出自己拥有不在场证明。

“喂喂，”清村耸耸肩说，“除非跟谁上床才会有不在场证明吧。”

（为什么他还在开这种玩笑？）

宇多山感到很奇怪。

密闭的馆中发生了真实的杀人事件，凶手就在其中。

（真的吗？）

宇多山知道事情越是严重，清村就越爱开玩笑，可即便如此……

“我认为最大的问题是——”岛田又向在场的人提出之前的疑问，“凶手为什么用斧子把尸体的头部砍下来？”

然后，他把在会客室对宇多山他们的说明又重新讲了一遍。

很明显，凶手在“模拟”须崎的小说《弥诺陶洛斯的首级》，但他（或者是她）为什么做一些不必要的行为呢？

“我对这个问题有一个解答，如果它是正确解答的话，我认为这将是个有力的证据，对弄清楚凶手是谁很有帮助。”

说着，岛田窥视众人的表情。

“哦，请你多多指教。”清村说道，他对岛田自信满满的措辞略显惊讶。

“在推理小说的世界里，这是大家都很熟悉的逻辑了，也就是说……”岛田环视桌子周围的人，“须崎君在小说中描写了装扮成弥诺陶洛斯的尸体——这种‘模拟’到底隐含着什么意思，在小说未完而作者死去的现在，已经无法搞清楚了。另一方面，现实事件中的凶手为了某种意图将小说中的‘模拟’用在真正的尸体上，而且还增加了作品中没有描写的‘砍头’这一项。这里要考虑的其实是非常单纯的问题——实施‘砍头’对那个现场起了什么具体效果？”

“具体效果？”宇多山不假思索地重复着这句话。

岛田继续说道：“比如说，砍头之后，尸体更加接近‘牛头人身’的造型，但我认为这恐怕是凶手想让我们看到的假象，背后一定隐藏着真正的意图。也许——尽管这么想有点跳跃——砍头之后从伤口流出来的血液……须崎君在小说中没有写流血的场面，我想事实可能就隐藏在这种红色的‘效果’之中。”

“血的颜色……”

“就是这样，”岛田点点头，用比刚才更缓慢的动作环视众人，然后说道，“也就是说，我想凶手在杀害须崎君的时候，自己也受了伤，从伤口流出的血把地面弄脏了。象牙色的绒毯上沾着红色的血，十分显眼。在现场留下自己的血迹很危险，只要警察注意到血迹并作详细分析，恐怕能很快确定血液主人的身份。因此，无论用什么方法，都要把血迹清除掉。”

“啊啊……原来如此。”

“与此同时，正如大家知道的，那个房间的绒毯毛很长，光靠擦拭很难清除污渍，于是凶手把尸体的头砍了下来。”

“是《断剑》[①]的逻辑吗？树木须藏于森林，如果没有森林就自己造一个。”

“完全正确，宇多山君，就是要将血迹藏在血泊中。那么，接下来——”岛田再次环视桌子周围的人。随着他的视线扫过，大家的脸都变得十分僵硬，因为，很容易想到他接下来要说什么。“从刚才开始我就在留意，看来我们之中没有人受过类似的伤。”

“难道你想在这里对所有人做身体检查吗？”清村耸耸肩道。

---

①“布朗神父”系列中的一个经典短篇。这个系列是英国作家G.K.切斯特顿创作的推理小说，在推理文学史上具有非常重要的地位和影响，是很多经典诡计的源头。

“别开玩笑了，怎么能做这种事情！”圆香尖叫着。

岛田连忙制止她。

“不是说做身体检查。好了好了，那个现场没有留下凶手与须崎君打斗的痕迹，我看凶手应该是趁其不备下的手。既然没有激烈的打斗，受伤的部位可以限定在‘裸露的皮肤’这个范围内，比如面部、手臂以及女性裙子下边的脚部，不考虑腹部或背部受伤流血的可能性。”

“那么，请你好好看一下。”说着，圆香把双手放在桌上，捋起袖子，“我哪儿都没受伤。脚也看一下吧？”

“不不，还是请一位女性来确认吧。”

“哎呀，没想到你是个尊重女性的人。”

“那么，其他几位把袖子捋起来，让我看看手臂，如何？”

岛田说着，把自己长袖棉毛衫的袖子捋了起来。

剩下的五人同样捋起袖子展示手臂。十二条手臂并排放在桌上，这种景象十分怪异。

“看来大家都没有受伤。”宇多山说道。

岛田点点头。

“没有人的手臂受伤，脸和喉咙大家也互相看过了。”

“你得把头发撩起来，给大家看看脖子吧？”清村对圆香说道。

圆香叹了一口气，怒视对方。

“好，请便。”说着，她用双手撩起头发，“看吧，我是清白的。”

接下来，几位女性的脚也经过检查，没发现伤口。

“那么，接下来，”岛田毫无气馁之色，继续说道，“还剩一种可能性……”

“你还有什么馊主意啊？”圆香扬起眉毛。

“呃，我想这个可能会让人反感，幸好宇多山夫人在这儿。”

“我？”桂子一脸惊讶地问，“这是什么意思啊，岛田君？”

“还是受伤的问题。关于滴落在绒毯上的血……当然，现在只能认为是鼻血了。”

“鼻血？”清村夸张地摊开双臂，“哈哈，你这回是要请前耳鼻喉科的女医生来给大家检查鼻子吗？”

“既然是能滴落到地上的程度，鼻出血应该相当严重。假如事实如此，夫人，通过检查鼻子，有可能查出十多个小时前的出血痕迹吗？”

对于岛田的问题，桂子露出为难的表情。“我想，检查鼻腔内侧的话，大概可以看出来。”

“那就拜托你了。”

“可是没有工具啊。”

“用什么来替代一下可以吗？”

“但是，至少得有照明工具啊。”

“笔灯可以的话，我带在身上了。”

“你够了吧，”圆香直起腰大声说，“要检查鼻子？这种不成体统的事情我才不干呢。”

“如果你坚持，我也不会勉强你，毕竟在医院以外的地方检查鼻腔，确实有点滑稽。”岛田用低沉而严厉的声音说道，“但那样的话，你就做好被怀疑的准备吧。”

岛田回到自己的房间拿来钢笔型的手电筒，然后，桂子开始做鼻腔检查。最初面露难色的圆香，后来还是说着“我可受不了在这里被当成凶手”，勉强接受了检查。

岛田站在角落的电话附近，远远看着这种略显滑稽的情景以及围着桌子依次等候检查的几位“嫌疑人”。宇多山也在有意观察几位作家的表情和举止。

清村一边做出夸张的动作，一边不停说出讽刺的话。圆香不满地把脸鼓了起来。林闷闷不乐地蜷着身子。鲛岛一言不发地摆弄着香烟盒。

没人有特别可疑的举动。

清村、林、鲛岛、圆香按顺序接受了检查，但桂子并没有指出谁有鼻腔出血的痕迹。接下来，宇多山有点紧张地坐到妻子面前。

“鼻黏膜皲裂了呢，”桂子做出诊断，“还是把烟戒掉吧。”

看到了吧——圆香用暗示这个意思的眼神怒视着岛田。

“只剩岛田君了。”

“啊啊……看来是这样。”

岛田对一个“符合条件的人都没有”感到很意外。他抿起嘴，不停摇着头，然后接受了检查——结果依然是没有问题。

“还有人没接受检查，”清村道，“就是那个当女佣的老婆婆。还有，女医生本人的鼻子也不能排除在外吧？”

“岛田君，”桂子马上把笔灯递给岛田，“麻烦你检查一下我的鼻子，好吗？”

“啊？”

“我也不想因此被怀疑，拜托了。”

“可我不是医生啊。”

“没问题，我知道你不是医生。”桂子让踌躇的岛田握住笔灯，“鼻中隔——就是将鼻腔左右分隔开的部位，其前下方是被称为‘克氏静脉丛’的软骨部分。只要把手指伸进鼻子，马上就知道了。”

“哦哦，是的。”

“所谓鼻血，有百分之九十以上都是从这个部位流出的，所以只要检查这里有没有凝结的血块或者伤痕就行了。”

“原来如此，那么……”

桂子下巴上扬。岛田小心翼翼地把笔灯的光照进她的鼻腔，过了一会儿就低声说着“不好意思”，摇了摇头。

“没有异状。”

之后，一直把自己关在房间里的角松富美祐也被叫了出来。确认她手脚都没有受伤之后，以“这是很重要的事情”为由，让她接受了鼻腔检查——结果还是没问题。

“哎呀，把戏玩完了没有？”清村冷冷地瞥了一眼陷入沉思的岛田，“靠推理小说中的逻辑，可没法解决现实事件。”

4

“总之，我始终主张应该按照宫垣老师的遗言继续进行竞赛。”清村从椅子上站起来，双手撑在桌上，用强硬的语气说道，“目前一个人被杀，一个人失踪，事态十分严重，这我很清楚。然而，老师的遗言还有效，这也是事实。当然，如果我们之中有谁为了减少竞争对手而杀了须崎君，那这个人会被剥夺继承权。不过话说回来，目前还没法确定凶手。”

“但是，清村君——”

清村完全不在意宇多山的插话，继续说道：“如果说让我放弃巨额遗产的继承权，我怎么也无法接受。反正我们现在只能等待，与其什么都不做，还不如努力继续进行竞赛，这样才更有建设性。虽然宫垣老师已经去世，可他的灵魂看着咱们呢。”

“但是，清村君，”宇多山大声问道，“在这种情况下，你还可以创作小说吗？”

“我可以，”清村脸上甚至浮现出无畏的表情，笑着说道，“林君和舟丘女士难道会弃权吗？”

被点名的两位作家用模棱两可的表情对视着，很明显还没想好怎么回答。

“那个，”林开口道，“如果继续进行写作比赛，井野君不在，会不会有什么影响？”

“他只不过是个主持人。记录遗言的磁带和遗书应该还好好地放在老师的房间里，所以没问题。而且——”

清村瞥了岛田一眼。岛田对自己的推理落了个空感到很难过，从刚才开始就一直沉默不语，只是把手指在桌子上移来移去。

“你们说我满不在乎也罢，见利忘义也罢，我也没办法。不过，跟岛田君不同，我对这起事件有自己的想法。”岛田的手指停了下来，清村继续说道，“在推理小说的世界中，作家必须构建复杂的事件来迷惑读者，但现实生活是完全不同的，使用令人惊奇的诡计啊、凶手是意料之外的人物啊，这类事情是很少出现的。

“岛田君极力主张的‘砍头逻辑’也一样，确实既合情合理又趣味盎然，可结果刚才大家都看到了。总而言之，还有很多其他假设可以解释这件事情。

“凶手可能只是想把‘模拟弥诺陶洛斯’这种行为弄得更逼真一些，才把头砍下来——至于没有完全砍断的原因，可能是看到血害怕了。或者是凶手非常怨恨须崎君，不把他剁了就不解恨。这些都是理由。”

岛田不满地噘了噘嘴，但一句反驳的话都没说。

“那么，清村君，你是怎么考虑的？”鲛岛一边抽烟一边问道。

清村轻轻哼了一声，把视线投向对开门——那扇门连着通往地面的楼梯。“凶手已经不在这座房子里了，这就是我的看法。”

房间里响起一片讨论声，大家把充满疑问的眼神集中在清村脸上。

“岛田君一直认为井野君不知所踪的原因，是他已经在某个角落被杀掉了。但是，这么想总有点不对劲。”

“也就是说，你认为井野君是凶手？”鲛岛问道。

清村微微一笑。“有人被杀，有人失踪，失踪的人手里拿着正门钥匙。自然，最可疑的就是那个失踪的人——井野满男。为什么到现在都没有人提出这个意见，我觉得真是不可思议。”

“动机呢？”这回是宇多山问道，“为什么井野君非杀掉须崎君不可？而且那个‘模拟’……”

“无论有什么样的动机都不奇怪，也许是某个我们不知道的原因，让他对须崎君怀有私怨，这类可能性要多少有多少。刚才我也说过，在牵涉了十几亿遗产的特殊状况下，他打算以此为幌子，清算过去的仇恨。也许最初他打算若无其事地留下来，可一旦动手杀人之后，他选了另一条路，也就是从这儿逃出去。只要切断电话线并把我们关在这座房子里，就可以让我们推迟数日才能报警，这期间他能逃到任何地方，这就是他的计划。怎么样，这么想不是更现实吗？”

清村两手叉腰，等大家做出回应。

林和圆香对“井野＝凶手”这种新说法表现出动心的样子，望向清村的表情明显缓和下来。岛田一言不发，视线落在自己手上。

“假如这是事实，”鲛岛点上一根烟，“那么，刚才岛田君说的‘砍头逻辑’也许是对的。”

“也许是吧。”清村一本正经地点点头，“如果大家认可我的说法，那么刚才的检查就能作为证据——检查的结果是大家都没问题，‘符合条件的人’只剩一种可能，就是今天不在场的井野君。”

“确实如此。”

井野满男是杀死须崎的凶手——在场的人逐渐倾向这个结论。

尽管心里还有点纳闷，但宇多山也把清村的看法作为“正解”来对待，开始尝试着接受。他看看坐在身旁的桂子，她似乎以同样的心境在确认其他人的看法。

“那不就好了，”清村仿佛大获全胜一样笑逐颜开地说道，“我再次主张，至少在规定时间内，只要外面没人来帮忙，我们就得遵守遗言的指示，继续进行继承人选拔竞赛。怎么样，大家说呢？”

这个问题充满了自信。

“明白了，”圆香像要甩开迷惘一样用力闭上眼睛，“我尽量不弃权。”

“林君，你怎么看？”

林轻轻垂下眼帘。“我也，那个……”

“那就这样定了。”清村满意地点点头，依次看了看鲛岛、宇多山和岛田。

“我们三个人都说要继续干下去，作为评委的诸位当然也会帮忙吧？”

第六章 第二篇作品

1

他发现自己一个人在黑暗的迷宫里徘徊。

狭窄的通道涂满了灰色，粗糙的墙壁表面有微弱的灯光在摇曳。

自己的影子从脚下延伸开去，随着脚步，影子的大小在变，形状也在变，配合尖锐的脚步声跳着诡异的舞蹈。

(这里是……)

宇多山突然陷入疑惑之中。

(这里是……)

他停下脚步，回过头，长长的走廊延伸至遥远的地方，最终被黑暗吞没。

(啊啊……这里是……)

他抬头望向天花板，那边只聚集着一片漆黑。他感到黑暗的密度在不断增长，重重地向头上压去。

(这是什么地方啊？)

迷宫——迷宫——迷宫馆……这里是“迷宫馆”？宫垣叶太郎的（或者说中村青司的）地下之馆？

(……不。)

墙上的照明灯不一样，光线摇摆不定……那不是电灯，也许是火把。

地板不一样，迷宫馆的走廊铺了深褐色的光滑瓷砖，而这里……脚下是石板。

自己到底迷失在什么地方了呢？

他驻足的地方正好是个十字路口。墙壁上挂着白色的面具，右边是露出锋利牙齿的狮子，左边是额头中间长着长角的独角兽。

往哪边走？往右还是往左？或是就站在这里？

咔、咔……

从什么地方传来的什么声音——是谁的脚步声？

咔、咔、咔、咔……

从哪里传来的？前、后、右、左——完全分不清楚。

(不逃跑的话……)

他毫无理由地这么想着。

(不快点逃跑的话……)

他选了右边的路，脚步踉踉跄跄，几乎摔倒。他稳住身体，全力向前冲。

咔、咔、咔……

自己的脚步声被那个人的脚步声掩盖了，自己正被追踪，却又不知道那个“谁”到底是什么人。总之，一定要逃掉，不能被抓到，无论如何一定要逃掉。

眼前又出现了岔道。

这回是三岔路，岔道向两边斜斜地延伸开去。

果然没错。

这不是自己熟悉的迷宫馆，迷宫馆里没有这种三岔路。

那个人的脚步声又响了起来，缓缓地、真实地接近了。

自己是怎么闯入这个陌生迷宫的呢？现在没时间冷静下来好好思考，宇多山选了左边的道路，继续飞奔。

道路上数次出现拐角，又数次出现岔道……最后，他终于在一扇门前停了下来。

MINOTAUROS

门上贴着一个青铜牌子，宇多山看着牌子上刻的文字，陷入深深的疑惑中。这是……啊啊，当然知道，是那个房间——“弥诺陶洛斯”——就是这样。

这里果然还是迷宫馆吗？

咔、咔、咔……

脚步声逐渐逼近，对方仿佛已经看破了自己的动向，一路追来。

宇多山打开门，冲进室内，里面躺着须崎昌辅的尸体。

“啊哈，宇多山君，”清村淳一轻轻挥了挥手，“怎么啦？脸色都变了。”

作家们坐在沙发上谈笑风生，清村、林宏也和舟丘圆香都在，鲛岛智生也加入了谈话。岛田洁和桂子靠在对面红褐色的墙上，用奇怪的眼神望着自己。

他感到十分惊愕，目光不知所措地四处逡巡。

左前方的绒毯上躺着须崎血迹斑斑的尸体，仰面朝天，几乎被砍断的头部往一旁歪着……然而，这是怎么回事？放在头部位置的水牛头标本不见了！

“各位，这到底是怎么回事？”

就在他开口询问的时候——

突然，从后面响起开门的声音。

他回过头，发现打开的门外站着一个人——不，是一只怪物。它有两米多高，肌肉发达的身体上布满浓密的体毛，脖子上长着一个漆黑的牛头。

“我们都是活祭品，”从须崎那几乎被砍断的头部里突然发出嘶哑的声音，“献给迷宫怪物的活祭品——要七个少年和七个少女。”

“现在，它发现既不是少年也不是少女，看样子很生气，”清村淡淡地说道，“而且数量也不够。”

牛头人身的怪物手上握着一把沾着暗红色血迹的斧子，冰冷的玻璃球眼睛闪着妖异的光芒，粗壮的手腕高高举起。

(……是梦。)

是啊，就是这样，这是梦——肯定是噩梦。

虽然他觉得是做梦，但高高举起的斧子并没有停下来。

(只是个梦。)

斧子往宇多山的头顶缓缓砍下去。

(梦。)

视野被染成一片深红。

(梦……)

宇多山被自己的吼叫声惊醒，噩梦残留的影像活生生地铭刻在脑海里，挥之不去。他使劲摇摇头。

他缓缓从床上起来，冷冰冰的汗水夺走了皮肤的热量，心跳很快，呼吸急促。

（真受不了。）

室内只有从天花板的玻璃窗中偷偷射入的星光，在黑暗中微微发亮。

他做了个深呼吸，习惯黑暗之后，忽然感觉有人从正面注视着自己。他顿时又紧张起来。仔细一看，原来只是穿衣镜中反射出来的自己的影子。

（啊啊，受不了啦……）

鸦雀无声的房间里十分压抑，他起身打开了换气扇的开关，然后下意识地拿起桌上的香烟，点了一支。

他的目光追随着冉冉上升的烟雾。

（这样行吗？）

（就这样什么也不做吗？）

不安与疑惑在心底蠕动，他慢慢描绘着这种感觉的轮廓。

2

大家同意了清村的意见，继续进行遗产继承竞赛。

快到下午五点时，大厅里的人都离开了，三名作家回到各自房间继续写作。原定晚上八点在大厅吃晚饭，但女佣还没从发现尸体时的震惊与恐惧中恢复过来，再三要求回家。鲛岛耐心地向她说明情况，她这才答应继续给大家做饭。

之后，鲛岛回房间换衣服，宇多山和桂子留在大厅里。岛田还穿着长袖棉毛衫和运动衣，没有换衣服的打算。他一直把胳膊撑在桌上，手掌托住下巴，一动不动地低着头，看样子像在拼命思考着什么，又像在打盹儿。

刚过八点，宇多山不等作家们来，就简单吃了点已准备好的晚饭。然后，他从餐柜里拿了一瓶威士忌打算带回房间，接着又催促桂子离席。

“宇多山君，”这时，岛田突然出声，“你真的认为井野君是杀死须崎君的凶手，并且已经从这里逃跑了吗？”

宇多山一时哑口无言。

是的——他想这么回答，嘴巴还没张开，就开始自我怀疑，最后只能模棱两可地答道：“大概是吧。”

他只能这么说。

“大家都希望事实如此吧，”岛田把眉头皱成八字，继续说道，“清村君的观点从某种意义上看是理所当然的，可以说是最自然的解释。但从另一方面来看，这个想法太简单了。”

“我完全不明白。”宇多山答道，这是他的真心话。

“不过，宇多山君……”

“不好意思，我已经……十分疲倦了，现在什么也不想考虑。”

这也是真心话。他望向桂子，她也露出相当疲劳的样子。总之，今晚快点回房间休息吧。

“那么，宇多山君，”两人道了晚安正要离去，岛田叫住他们，“我还有一件事想请教。”

“什么事？”

“你有没有从宫垣老师那里听说过，这座房子里有什么地方安装了某种机关？”

“某种机关？”

“嗯，比如秘密通道、隐藏的门或者隐藏的房间之类的。”

“没有。”宇多山摇摇头。

他想，恐怕岛田想起了之前提到的那个建筑师，才问出这种问题。

中村青司设计的建筑物都有个特征，叫“机关趣味”——宇多山隐约记得自己听过这种“情报”，但这个迷宫馆有没有这类机关呢？至少自己一无所知。

离开大厅时，已经是快到晚上九点了。他们刚好跟回大厅的鲛岛擦身而过，打过招呼之后，宇多山和桂子就回各自房间去了。

“真糟糕，出了这么多事情，”宇多山握住桂子的手说道，“你没事吧？”

“嗯。”

“你是怎么想的？”

“什么啊？”

“刚才岛田君说的话啊，他说我们‘只是希望清村君的观点是真的’。”

“我也不明白啊，”桂子的回答里带着叹气声，“他说是那么说，还做鼻血检查什么的。可是，还不是一个可疑的人都没有吗？只有井野君一个人没有接受检查，所以……”

“应该就是这样吧。”

宇多山建议今晚两人住一个房间，但桂子说“没关系”，还对他微微笑了笑。

“没关系的，两个人睡一张单人床太挤了，何况，加上小孩就是三个人了。”

“说得也有道理，可是……”

假如井野还藏在这座房子里的什么地方，那怎么办？或者他虽然一度逃了出去，但又回来了呢？他有全部房间的备用钥匙，一个人不是很危险吗？

宇多山把这些担心讲了出来，可桂子还是说“没关系”。

“我可以从房间内侧把链锁挂好，而且从任何角度考虑，我认为自己都没有什么值得凶手袭击的地方。”

“你一点也不害怕吗？”

“倒不是一点也不害怕，不过我还算坦然。要是我们住一个房间，宇多山君就抽不成烟了，肯定会难受死的。”

最终，桂子还是一个人回到自己的房间。要小心，有什么情况就大声喊叫——宇多山再三提醒桂子后，才走回自己的房间。

肉体和精神的疲劳都到了顶点，他连带回来的酒都没打开，就精疲力竭地倒在床上，起不来了。关上灯，闭上眼，没花几分钟就陷入了梦乡。

（……几点钟了？）

他忽然惊醒过来，看了看还戴在左手腕上的手表。按下手表上的灯光按钮，液晶屏上泛起淡淡的橙光，用数字表示的时间在光线中逐渐变得明显。

凌晨一点四十分。

（这样就好了吗？）

黑暗中只有星光在闪烁，宇多山继续思考着。

（这样下去就好了吗？）

睡了几个小时后，那种强烈的疲劳感得到了缓解。他用清醒的头脑重新思考着——这样下去果然不好。

——你真的认为井野君是杀死须崎君的凶手，并且已经从这里逃跑了吗?

面对岛田抛出的这个问题，自己完全回答不了。

“砍头的逻辑”证明了剩下的七个人——加上角松富美祐则是八个人——之中不存在凶手，可万一凶手在岛田提出的逻辑之外，那该怎么办?

也许凶手只是出于憎恨，才把须崎的头颅砍断；也许跟憎恨或理性无关，凶手只是突然发狂才会那么做；也许还有其他原因……

如果这样考虑，“井野是凶手”的论点确实如岛田所说，虽然是“最自然的”，不过“太简单了”。杀人犯是井野之外的某个人，这种可能性并不能被否定。

须崎被杀的动机，还是跟围绕巨额遗产进行的写作比赛有关吧?是啊，几位作家之中，须崎是最有实力的——至少宇多山是这样想的。

说不定，提出井野是凶手、主张继续进行竞赛的清村就是凶手，要不就是看起来很软弱老实的林，或者是看到尸体就晕倒的圆香。

如果再加上一些不为人知的动机，嫌疑范围只会越来越大。

鲛岛也好，岛田也好，还有那个当女佣的老婆婆，都有可能是戴上面具的杀人狂。从局外人的角度看，就连桂子，甚至是自己，都有犯罪的可能。

如果井野不是凶手，他失踪的理由就是如一开始考虑的那样，已经被真正的凶手杀死了——这种可能性很高。在那种情况下，凶手当然会把秘书手上的备用钥匙据为己有。

竞赛还在继续进行。尊重宫垣叶太郎的“遗言”也罢，目前没法跟外面取得联系也罢，只不过，这样做真的好吗?

这不正常。

不管怎么说，现在有一个人被杀了，无论生搬硬套什么理由上去，这种应对方式都是不正常的——决不容许。

他拿起放在桌上的威士忌，直接倒入口中。

“决不容许，”他自言自语般地说道，“不做点什么的话……”

正门怎么也无法被破坏吗？只要能打破内侧的格子门，仓库里可能会有称手的工具。或者是岛田提出的秘密通道之类，如果真的存在的话……

不管怎么说，最重要的事情是探寻逃脱的方法，如此不同寻常的竞赛要立刻中止。

一旦有了这个念头，就没法停止思考。可能是在这种异常状况下，宇多山也陷入了某种不正常的心理状态中。

宇多山又将一口威士忌倒进喉咙，然后在皱巴巴的白衬衫外面披上对襟毛衣。

（总之，先去找他。）

这时想到的“他”，就是清村淳一。

（不能说服他的话……）

主张继续竞赛的是清村，反对积极跟外部取得联系的也是清村。

总之，要跟他谈谈。一旦有必要，对了，自己可以放弃评委身份，强行让竞赛中止。

再次确认手表上的时间，快凌晨两点了。这个时候清村应该没睡，还在打字机前写作。

宇多山拿定主意，走出房间。

3

走廊的灯还亮着。

他从裤子口袋里掏出那张平面图，确认着到清村房间“忒修斯”的路线。

他走了几步，下意识地停下来，竖起耳朵。除了自己脚步的回声，一点声音也没有。

他深深吸了一口气，重新迈开步子，却感到两脚仿佛都悬空了似的。大概是因为目前身心状况不好以及威士忌喝太多的缘故。

沿走廊拐了几个弯后，他来到从大厅出来后的“直线部分”。

灰黄色的墙壁上，每隔一段距离就有一盏电灯闪着黄色的光芒。地上铺着深褐色的瓷砖，天花板……

没错，可以肯定，现在所处的走廊的确是迷宫馆。

（啊啊，我在害怕些什么？）

难道那个噩梦还在延续吗？

（可恶！）

——我们是活祭品。

须崎嘶哑的声音在脑袋里响起。

——献给迷宫里怪物的活祭品。

他像是被自己的脚步声追赶一般，越走越快。往南一直走到尽头，他又停下来，竖起耳朵——还是一片寂静。

有个人也在这个迷宫中——这种感觉挥之不去。宇多山走，那个人也走；宇多山停，那个人也停。这种感觉……

到 U 字形路口，走廊再次往北延伸，左边并排着十六条岔道，每条岔道的墙壁上都有一个白色面具望向这边。

从左前方第一条岔道拐进去，就是岛田的房间“科卡罗斯”。现在他在干什么呢？

把岛田叫上，两人一起去见清村，宇多山一瞬间产生了这样的想法，但他马上打消了这个念头。还是先一个人……不管怎么说，这是自己的使命——这种信念此时支配了宇多山的心。

他重新看看平面图，确认清村房间的位置——“忒修斯”在第十三条岔道内。

一、二、三……

他数着墙上的面具，慢慢往前走。

没有眼珠的白色眼睛被微弱的灯光描出一个个阴影，让人感觉它们的表情很微妙。

六、七、八……

他——清村会做出什么反应呢？一定会以惯常的语调，对宇多山的劝告一笑置之。

“事到如今，你胡说些什么呢？凶手是井野君，可他已经不在这座房子里了。”他会这样说吧。

可是，清村真的这样深信不疑吗？也许他内心也不完全相信自己的说法。不，说不定他自己就是杀死须崎的凶手。

十一、十二，然后是十三。

(就是这里。)

宇多山看了一眼露出牙齿的狮子，走进了这条岔道。

走到尽头，往左拐，然后右拐，下个岔道再往左拐，接着右拐、左拐、右拐、右拐，再左拐……

来到一个紫黑色的门前，宇多山想确认青铜牌子上的文字，却发现牌子没了。

(说起来，他提过“忒修斯”的牌子掉了……)

他想起来了，可脑海里还觉得哪里不大对劲，应该不是因为门上的牌子没了。如果不是这个原因……啊啊，到底是什么原因？

“清村君，”他轻轻敲着门，“我是宇多山。这么晚还来打扰你，实在抱歉。”

没有回应，宇多山停了一下，这次稍微增强力度，重新敲门。

“清村君。”

还是没有回应。

他竖起耳朵，什么动静都听不到。

从门缝里透出的灯光呢？没有。

已经睡了？不，那不大可能。竞赛的截止日期是五号，现在只剩三天了。清村的写作速度虽快，但也不可能如此安心地睡大觉。

去其他房间了吗？大厅，还是娱乐室？

他感到有些沮丧，但还是试着伸手拧了一下门把。怎么回事？！他马上发现房间没上锁。

他觉得很奇怪。

即便主张井野是凶手并已逃跑，但发生了这种杀人事件之后，晚上不锁门就睡觉或者外出，也不是神经正常的人会做的。清村看上去不是大大咧咧的人。

那么——

宇多山忍不住旋转门把，将门推开。

“清村君。”他一边再次呼喊，一边进门往左侧墙上摸索，打开了照明开关。

灯亮了，清村变成了尸体——宇多山在一刹那间产生了这种预感，不过，室内空无一人。

“清村君……”

桌上的打字机开着。

（上洗手间了？）

他小步快跑到房间深处的洗手间门前，门一敲就开了，里面一个人也没有。

果然还是去什么地方了吧，可这么一说……

无法压抑的不安。

脚步因酒醉变得踉跄，宇多山只好倚在桌旁。

他摸了摸拉出来的转椅——是冷的，这是清村离开这里已经好些时候的证据。

桌上打字机键盘旁边摊着那张平面图。既然不带平面图，目的地不是大厅就是娱乐室，总之是容易找到的房间。

他把目光移到显示器上。

在关灯离开房间之前，清村应该一直在用这台打字机写稿。

围绕宫垣叶太郎遗产继承权的“史上最大的悬赏小说”——以这个迷宫馆为舞台的推理小说，作品中被害人必须是作者本人，即清村淳一。

他究竟打算创作怎么样的小说呢？不，先不说这个，现在……

（现在？）

（怎么办？）

先去大厅和娱乐室看看吗？

黑暗中的毒牙

他无意中看到画面上方的标题——好吧，先看看。

（难道……）

一种到刚才还没产生的令人恐惧的疑惑，忽然从心底冒了出来。

（难道会发生那种事情……）

宇多山心惊胆战地看着标题下面的文字，那是文章的开头部分。

黑暗中的毒牙

女人在等待男人。

黑夜。

没有灯光的房间里。

她潜藏在黑暗中，屏住呼吸。

她很清楚自己接下来要做什么。她不能确保自己一定成功，但也不怕失败。

希望——对，只有赢得这场游戏才行。

“晚上好。”门外响起一个男人的声音。

“请进，”她故意把回话的速度放慢，“门没锁。”

男人转动门把，走了进来。

“哎呀，漆黑一片。”男人发现房间里没有灯光，感到十分吃惊，“怎么连灯都……”

“我喜欢黑暗。”女人回答，“而且，这样还可以看见星星。”

苍白的星光从玻璃天花板外射入。

“嗯，在地下的馆——星空之下的约会吗？真别致啊。”

男人似乎适应了黑暗，反手把门关上。

“总之，先干杯。”女人往桌上早已准备好的两个杯子里倒上酒，把其中一杯递给男人。

“请。”

“啊，谢谢。”

“话说回来，你知道这个房间的名字吗？”

“这有什么知道不知道的，门外面写着呢，叫‘美狄亚’，对吧？”

“美狄亚”是这个房间外贴着的名字。

“你知道她是什么人吗？”

“魔女，美狄亚。”

“对。她是科尔喀斯国王埃厄忒斯的女儿——一个极具魅力的女人。她经历过许多男人，后来和雅典的国王埃勾斯结了婚，还企图毒杀他的儿子忒修斯。”

“什么？”

“这儿就是那个‘美狄亚’房间，而你的房间叫‘忒修斯’。”

“……”

“来，干杯。”

女人举起了酒杯。

“你说的话很奇怪。”男人的脸从黑暗中浮出，微微抽搐着，“难道，这杯酒下了毒？”

“谁知道呢，”女人微笑着说，“这个就任君想象了。”

4

宇多山来不及细想，立刻从房间里飞奔出来。

（难道会发生这种荒唐的事情？）

他越是生气地想要否定，疑惑就越发膨胀。

（美狄亚，毒杀忒修斯的魔女……）

放在桌上的打字机。

刚开始创作的小说。

没上锁的门。

空无一人的房间。

他回到刚才那条有十六条岔道的长走廊，有问题的房间——“美狄亚”，应该位于清村房间“忒修斯”的南边，就是昨天和岛田一起寻找井野时看到的那个空房间。

（是哪条路？）

他急忙打开平面图，然后朝右边的岔道跑去。可是，很快就又来到了U字形路口，就是说，他又回到了原来的地方。

他焦躁地再次把平面图打开。

（不在这里吗？）

他又往右转，拐入从清村的房间开始数第三条岔道。墙上挂的是额头中间长着一只角的野兽面具，虚幻的白色眼睛迎接着宇多山的来临。

走廊狭窄而曲折，他踉跄地跑着，有好几次差点在拐角处撞到墙上，最后终于来到目标房间的门前。

“啊！”宇多山惊叫一声，全身都僵住了。

“美狄亚”房门大开。

房间里亮着灯。

而且——

房间中央有个男人脸朝下趴着，两条长腿像棍子一样伸出。做旧的牛仔裤上面是一件浅紫色的衬衣……清村淳一！

“清村君！”

强烈的眩晕感袭来。现实与虚幻——在这个夹缝中，宇多山觉得自己的存在感正被慢慢抽走。

他向前伸出双手，用像在空中飘浮一样的姿势朝房间里飞奔进去。

“清村君……”

趴在地上的男子一动不动。宇多山屏住呼吸，弯下腰，探头看向他的脸。

他整张脸都充满了深切的痛苦，双手死死抠着咽喉，仿佛要把痛楚挖出来。

宇多山伸出颤抖的手，摸了摸他的手腕——人已经死了。

他起身朝房间四周打量了一下，和昨天与岛田一起来时相比，没有什么变化。

“有谁在吗？”他发出声音，想确认除了倒地的清村之外，还有没有其他人在。

“有谁……”

房间里静得可怕，除了自己的喘气声，一点声音都没有。

得把这件事情告诉大家——他终于意识到这一点。总之，先叫大家起床，告诉他们发生了紧急事件。

他用不停发抖的手打开一直紧握的平面图，离这里最近的房间是岛田的“科卡罗斯”吗？

就在这时，他发觉有尖锐的脚步声传来。正想着，脚步声离他越来越近。他感到毛骨悚然，不由得转过身。

“宇多山君！”有人大声叫道。

门外是淡淡的黑暗，黑暗中出现一道细长的人影，是岛田洁。

“隔壁——我刚才在隔壁房间听到有人喊叫……啊！”看到宇多山脚边倒着一具尸体的瞬间，岛田发出短促的惊叫，“是清村君吗？”

“是啊。”

“死了？”

“我发现的时候已经……”

岛田走进房间，宇多山语无伦次地讲起事情的经过。身穿黑色长袖棉毛衫的岛田眼窝深陷，一边看着已断气的清村的背部和喋喋不休的宇多山，一边倾听宇多山的描述。

“唉。”当听到清村在打字机上打出的小说开头时，岛田从喉咙里挤出一声长叹，“在这个叫‘美狄亚’的房间里，一男一女的对话……是这样吗？你读了这一段，于是就到这儿来了？”

“是的，”宇多山使劲点了点头，“稿件还没写到有事件发生，但提到‘美狄亚’是个企图毒杀忒修斯的魔女。我感到这种描述似乎在暗示什么。”

“因此，清村就如暗示所指，死在这里了？”岛田站在尸体旁边，从头到脚仔细观察着，“单这样看没法搞清死因。是他杀还是自杀？宇多山君，我认为要调查一下。”

“那个……”

“目前仍然无法通知警察。”说着，岛田在尸体身旁蹲下来，两手扳住尸体肩膀，把它翻过来。“看不出有外伤。虽然用手抓着脖子，可是并没有被勒过的痕迹，看来还得有劳尊夫人了。”

“会不会是中毒？”宇多山忽然想到这一点，开口发问。

岛田连连点头。“有可能，这样就是‘黑暗中的毒牙’了，很接近清村君作品的内容。凶手又一次针对被害人的小说进行了‘模拟’。”

他的目光上移，说了句“但是”，然后继续说道：“如果是这样，那么凶手如何让他喝下毒药呢？这是个问题。”

“确实是啊。”

比如，凶手在机缘巧合之下知道了清村写的内容，于是模仿那种描写，在这个房间“毒杀”了他。可是，凶手究竟用了什么方法呢？

清村最了解自己的作品，可他却在这个叫“美狄亚”的房间里毫无反抗地被毒死了，这可能吗？

宇多山突然想起那个时候——

他无意中朝门口瞥了一眼，被一个奇怪的东西吸引住了。

（嗯？）

他歪着头，思考着这个疑点。

“怎么了？”岛田问道。

“看那里……”

宇多山抬起手臂，指了指。岛田猛地抬头望过去。

“啊啊，原来如此，是这个。”

在进门左侧墙上，有块方形塑料板紧贴着茶色墙面，中间隆起的是房间电灯的开关，而周围有什么东西围了一圈。

宇多山跑到岛田身边，终于明白了那是什么。

那是一排排细细的针，几十根针宛如插花用的剑山[①]一般密密麻麻地插在塑料板上，把开关包围得十分严实。

“先涂一层厚厚的油灰[②]，再把针固定上去，可能……”

说着，岛田把鼻子凑近闻了闻。锐利的针尖上有些红褐色的黏稠液体，形成小球状附在上面。

“有点像发霉香烟的味道，这很可能是尼古丁浓缩液。”

“尼古丁？”

“对，就是香烟里含的那种东西，有剧毒。它作用于神经系统，

---

①插花用具，将铜针固定在不同形状的铅块上。花插在剑山上能更好地吸附水分。

②少量的黏结剂（桐油等）和大量石灰或石膏经充分混合制成的黏稠材料，用于门窗的玻璃镶嵌。

能引起呼吸麻痹。”

岛田快速转身回到尸体旁边，再次蹲下，把尸体的左手从脖子上拉下来，扳开手指。

“宇多山君，请看，果然不出所料。”

只见清村僵硬的手指前端有几个暗红色的小伤口。

“尼古丁就是通过这些伤口进入血液的。清村君不吸烟，所以毒素扩散得很迅速，他可能没喊几声就感到呼吸困难。”

岛田把死者的手放回原处，用锐利的眼神盯着门口。

“凶手事先在那边布下陷阱，然后把房间的灯关上，再叫清村过来。进入这个一片漆黑的房间，清村首先会做什么呢？当然会先找电灯开关。这座建筑物里的开关都在进门左边的同一个位置，所以他根本没有用眼睛确认，就伸手往那边摸去。当他摸到开关的时候，围住开关的毒针就将他的手指刺伤了。”

宇多山记得自己曾经读过用类似方式杀人的推理小说。

那本书是……对了，埃勒里·奎因的《X 的悲剧》①。

那本小说里发生的第一起杀人事件，就是用十几根针插在小软木塞上作为凶器的，而且针尖涂的毒药也是尼古丁。凶手可能从那本小说里得到启发，想出了这个诡计。

宇多山把这个想法告诉岛田，岛田带着奇妙的表情点点头。

“当然，这种可能性很大。那个女佣的情况如何我不知道，但这座房子里的其他人，包括我和你在内，恐怕都读过埃勒里·奎因的这本名作。”

“话说回来，凶手究竟是从哪里弄到的这些毒药呢？如果是事先

---

①美国推理作家埃勒里·奎因的作品，被誉为“最出色的推理小说”。简体中文版已由新星出版社出版。

准备的话，这也太……”

“有种农用杀虫剂里含有高浓度的尼古丁。用蒸馏法从香烟里提取可能很费事，但煮干杀虫剂来提取的话，会变得出奇容易。”

“这座房子里有那种杀虫剂吗？”

“这座房子里有没有无关紧要。”

经岛田这么一说，宇多山才意识到确实如此，这座房子里有没有杀虫剂都无所谓。

不管凶手是井野满男还是其他什么人，手里都拿着正门的备用钥匙。和其他人不同，他可以自由出入这座房子，因此可以轻易从外边买来杀虫剂、针以及固定针的油灰。

“真讽刺啊。”岛田说着，用悲哀的目光俯视清村的尸体，“他一直主张凶手不在这座房子里，自己却掉进了凶手的陷阱，这证明了他的看法是错误的。对了，宇多山君——”

“什么事？”

“你认为凶手是用什么方法让清村君来到这个房间的呢？”

“是凶手直接叫他来的吧？”

“不，要是其他房间倒也罢了，这里可是‘美狄亚’。这个空房间是他小说的舞台，被叫到这个地方，他一点儿也不怀疑吗？”

“……”

“我想清村虽然主张凶手不在这里，但内心也并不十分确信。还不如说，那只是促使竞赛继续进行的权宜之计。也就是说，他并不认为自己百分之百安全。可尽管这样，他还是掉进了凶手的陷阱，这不像他的风格啊。咦？”

岛田把手伸向尸体的胸口。原来，清村衬衣口袋里插着一张白色的纸片。

“是平面图吗？啊，不是。”

岛田把折起来的纸片摊开，看了看，然后摇了摇头。

“不是呢，这是……”

宇多山弯下腰，越过岛田肩膀，盯着纸片。上面印着用打字机打的几十个字。

> 今晚一点在娱乐室见面。
>
> 关于写作比赛，我有重要的事情想跟你商量。
>
> 请务必过来。
>
> 请不要把这件事告诉别人。
>
> 圆香

第七章 第三篇作品

1

舟丘圆香跟清村秘密商谈了什么？

宇多山盯着纸片上排列整齐的黑字，用一片混乱的大脑思考着。

“关于写作比赛，我有重要的事情想跟你商量”——这也许意味着两人之间存在某种协定，比如谁得了“奖金”都要均分之类的。

他认为这并非没有可能，清村和圆香至少有一段时间关系很亲密，这是事实。不管现在两人关系如何，面对巨额遗产，两人或许会……

“房间不一样。”岛田一边小声说着，一边将纸片按原样叠好放回尸体的口袋里，“如果指定的场所是这个房间的话，那还说得过去。”

他大概认为这封信在清村被杀这件事上起了某种作用。假如这是为了杀人炮制出来的诱饵，那么密会的场所必然是“美狄亚”，但现在纸上写的却是“娱乐室”。

“这封信的真伪得问舟丘君本人，当然，她大概会否认吧。”岛田站起来说道，“总之，宇多山君，还是先把大家叫醒。”

宇多山匆匆跑到走廊，突然听到岛田叫了一声，连忙转过身来。只见岛田正在关门，突然盯着门板，露出讶异的神色。

“又发现什么了吗？”宇多山问道。

“嗯，没了。”岛田缓缓摇着头。

“没了？”

“看这个。”岛田指了指房门，宇多山一看，不由得长叹一声。

没了，刻着房间名字的青铜牌子已经不在门上了。

他记得昨天跟岛田一起来的时候，亲眼看到这里有块刻着“MEDEIA”的牌子，而现在门上只剩螺丝孔，牌子已不翼而飞。

“不知什么时候被人取走了吧？”

岛田没有回答宇多山的问题，只把目光从门上移开，回到走廊中。

“走吧，都过了好一阵了。”

2

时间是凌晨三点。

两个人觉得分头行动可能有危险，于是决定一起去叫醒其他人。

最近的是林宏也的房间，名为“埃勾斯”，位于清村房间北边。

先是须崎被杀，今晚清村也被杀了。如果这起连续杀人是由宫垣叶太郎的遗产引发的，那么凶手就在剩余的两位作家之中——是林还是圆香？要不就是至今踪影全无的井野，或者是鲛岛？

万一岛田是凶手怎么办？宇多山觉得这不大可能，但又无法完全抛开这种疑惑。于是，他故意放慢了脚步。

两人在走廊上往前走，左侧墙上是一排白色的面具。两人的脚步声在昏暗的迷宫里回响。他们在平面图上确认了“埃勾斯”所在的岔道，但走到那个房间之前，宇多山忽然感到有点不对劲。

（什么不对劲？）

他感到，刚才从自己的房间去清村的房间时，走过的路就有点不对劲，有一种微妙的不和谐感令他的心情十分糟糕——好像哪里和平时不一样。

他一边慢慢摇着头，一边快步紧跟着走在前面的岛田。

（什么不对劲呢？这种感觉是……）

宇多山扪心自问，在林的房门前停下来。甚至岛田敲门时，他仍处于模模糊糊的思考之中。

“林君。”岛田大喊着，手突然停住了。

“怎么了？”刚才还心不在焉的宇多山问道。

“这扇门，”岛田失望地扬了扬下巴，“开着。”

“真的。”

不用拧门把，就可以看出贴了有“AIGEUS”字样青铜牌子的门没关严，门与门框之间露出了几厘米的缝隙。

“林君。”岛田再次大喊，可依然没有回音。

从缝隙里透出了室内的灯光，除了这一点，其他景象俨然是刚才清村房间的再现。

林也不在房间里吗？难道他跟清村一样，死在别的房间了？或者，他其实是那两起杀人案的凶手？

“林君！”岛田用更大的声音再度呼喊，伸出右手推开门板。随着一阵吱吱嘎嘎的声音，门开了。

“呜……”

“呜呜……”

看到室内的光景，两个人发出既不像呻吟也不像喊叫的声音。

进门左侧是放着打字机的桌子，他们看到林宏也就在那里。

他倒在转椅上，俯身向前，背心像要包住上半身一样披在身上，两手紧抓桌边，脑袋无力地耷拉下来。而在他背后正中央的位置，高高突起着某个暗红色的异物，说明了他为什么会保持这种姿势一动不动。

“怎么回事？”岛田发出沉痛的声音，大步冲进室内。

宇多山再次感到一阵强烈的眩晕感袭来，只好踉跄地靠在门上。这扇门只开了二分之一，他整个人的体重压上去都没能让它完全打开——似乎有什么东西顶住了门。

手脚发软的宇多山往门里望去，发现本来放在房间深处的小桌子和两张凳子堆在门后。

“岛田君，看这个。”

岛田一直看着放打字机的桌子，宇多山连忙唤起他的注意。岛田转过头，眉毛微微上扬。

“真奇怪，”他低声说道，“就像是在设置障碍物似的。”

“障碍物……”

原来如此，这是有可能的。

虽然赞成继续进行竞赛，但胆小的林很可能因为害怕危险而用这种方法把门堵上。可是现在障碍物被移到一边，门既没上锁也没插上插销。

岛田走到桌前，伸手轻轻摸了摸倒下的林。

“死了，”他黯然地摇了摇头，“这个伤口恐怕是致命伤。”

从背后突出来的，是菜刀或者餐刀之类的柄部。沾满背心的血迹看上去还很新鲜，看来离他被刺没过多久。

“手腕和肩膀以及其他部位都有擦伤，而且——”岛田环视室内道，“先不论门口的障碍物，房间也够乱的。床上的毛毯掉了，你看，连包也扔在那边。”

在里面墙上的穿衣镜旁，有个黄褐色的旅行包翻倒在地。

“到处可见与凶手搏斗的痕迹，他受袭中刀后又被凶手逼得走投无路。”

“但是——”宇多山喘息般说道，“林君已经设置了障碍物，为什么又把凶手放进来呢？”

“确实很奇怪，”岛田用指尖抚摸着尖尖的下巴，“是被花言巧语骗开门的，还是说对方是个让他毫无防备的人？”

只要从房门内侧插上插销，并设置障碍物，凶手就算有备用钥匙，也很难推门而入。而且，门上完全没有被破坏的痕迹，所以很可能是林招呼凶手进来的。

那么——

至少可以确定，来访者不是井野满男。如果是井野，林绝对不会开门。

岛田一边反复思考，一边从尸体旁边望向桌上的打字机。宇多山尽量不看背心后面渗出的血迹，走到岛田旁边。

“难道，又发生同样的事情了吗？”他战战兢兢地问道。

“这很难说，”岛田盯着打开的打字机显示器，“不过，请看看这个——”

他指了指画面，又说道：“这几个字，你怎么看？”

宇多山凝视着岛田指的地方。

画面上显示着林写的文章。文章下面四行之后就是岛田所说的“几个字”——wwh。

3

光明正大的留言

一九八七年四月二日晚上。

宫垣叶太郎的“迷宫馆”的一个房间里。

我盯着方形打字机的显示器，又点上一根烟。最近，每次听到有关吸烟有害健康的话题，我就下定决心要戒烟，但执行起来实在太难了。其他时候还能忍受，可一旦对着稿件，手就会在不知不觉中朝香烟伸过去。

冉冉升起的烟雾，装得满满的烟灰缸，朦胧泛白的空气。

为了祝贺宫垣老师六十大寿，我来到这个地下迷馆，可做梦也没想到必须在这里写一篇新小说。详细情况以后再说，总之，从现在开始，三天之内，也就是在四月五日晚上十点前，要写出一篇一百页左右的小说。

规定的主题很难，是以“迷宫馆”为舞台的杀人事件，登场人物必须是聚集在这里的人，而且事件的被害人得是我本人。

这种东西在这么短的时间内能写出来吗？

从昨天开始我就绞尽脑汁，总算想出了一个能称为“点子”的东西，是“死亡留言”的诡计。那么，我要怎么利用这个点子呢？

姑且先动笔写吧。

姑且从我林宏也（堀之内和广）被杀的现场写起吧……

一进房间，靠左的墙边摆着一张桌子——他就在桌子前面。

他倒在转椅上，俯身向前，背心像要包住上半身一样披在身上，两手紧抓桌边，脑袋无力地耷拉下来。而在他背后正中央的位置，高高突起着某个暗红色的异物，说明了他为什么会保持这种姿势一动不动。

桌上放着一台打字机，处于打开的状态，看来他是在对着打字机写稿时被袭击的。

宫垣叶太郎家——迷宫馆里一个房间“AIGEU

wwh

读完打字机上的开头几页，宇多山和岛田都不由得深深叹了口气。

开头部分写的是“我”在这个房间用这台打字机开始写小说，即所谓“作中作”的结构。之后作品计划怎么展开已无法得知，但根据作品中的“我”自己所说，他似乎打算以“死亡留言”作为主题。然后——

引人注目的是接下来对杀人现场的描写。

“又是这样，”岛田说道，“跟小说描写的一样，在这个房间这张桌子前，正在用打字机写稿——甚至连死者的姿势也一模一样。”

“那么，在这里俯身向前，两手紧抓桌边，也是凶手为了‘模拟’而做的处理吗？”宇多山带着无法释然的表情问道。

“不知道呢，现在要下判断很难。”岛田摩擦着消瘦的脸颊，“假如完全是为了‘模拟’，那就意味着凶手从背后刺死了林君，还把尸体运到这里，然后让他两手紧抓桌边。当然，从始至终执着于‘模拟’的凶手，很有可能要花些工夫干这些事情。

“而另一方面我也考虑过，这起事件与作品内容的雷同全部都是偶然的结果。就是说，凶器使用暗褐色柄部的刀具以及把刀插在背上，这些都是偶然；将林君逼迫至这个地方也是偶然——这种程度的偶然倒也不能完全否定。”

“哪种才是真相啊？”

“谁知道呢，现在还没法说清楚。”

岛田再次将视线移到打字机的显示器上。

“不过，关于‘wwh’这三个字母，我们有必要进行一下讨论。”

“林君临死前留下的信息，是这个意思吗？”

“嗯，是这样子。”岛田模棱两可地回答道，“我们先做个假设。林君在这里写了自己被杀的故事的开头部分，就如我们刚才读到的那样，作品中描写的‘我’是在这个房间写稿时被杀的。然后，这篇作品以‘Dying Message’——即‘死亡留言’——为主题，这是他一开始声明的。

“与此同时，在现实中，他在这个房间里受到凶手袭击，身受重伤。此时他在想什么呢？他本来就想着这种主题，又想把凶手是谁告诉其他人，那么，在打字机上留下‘死亡留言’再正常不过了。不如说，要是没想到这点才不自然。

“尸体倒下的地方和姿势，是凶手读了稿件后布置的也好，是偶然也好，这都无关紧要。凶手以为对方已经死亡，于是离开了房间。但林君并没有马上死去，他用尽最后的力气爬到桌旁，在键盘上敲了几个字。之后他的身体往下滑，手抓桌边，最后断了气。看，就在这个地方。”

岛田让宇多山注意显示器。

"'宫垣叶太郎家——迷宫馆里一个房间"AIGEU'——文章突然被打断，下面出现四行空白，接下来马上就出现了'wwh'。至少可以肯定，这三个字母不可能是他所写作品的一部分。再有就是这个键盘——"

听到这句话，宇多山看了看眼前这个键盘，只见它旁边的黑色烟灰缸里堆满了烟头。

"首先看这个位置，跟显示器相对的键盘放歪了，而且好几处都沾了血，看到了吧？这些证据可以解释为，林君被凶手袭击后，触摸过键盘。"

宇多山对岛田的话迷惑不解。

"果然是死亡留言吗？"他抑制不住激动的心情。

连续遭遇"形状"奇特的死亡——在这种冲击之下，宇多山似乎连正常的感情都开始麻木起来。他对眼前出现的"谜"产生了极大兴趣，绷紧的神经竟然处于奇妙的兴奋状态中。

（只要明白这个留言的意思，就能得知凶手的真实身份吗？）

"'wwh'……到底是什么意思呢，岛田君？"宇多山瞪圆了双眼，凝视着显示器上并排的三个字母。

（w——w——h——）

他觉得光这三个字母，也说不上有什么意思。

是凶手名字首字母的缩写？不是，"ww"也好，"wh"也好，相关人士中没有人的名字符合这个条件。即便考虑到作家们的笔名，也没有符合的。

把"wh"理解为"两个h[①]"，也就是"hh"——也不行，这

① "w"的读音很近接"double"，因此可以表示"两个"的意思。

样只有一名符合条件的人，就是被杀的林宏也本人。

要不就是后面还有很长的内容，因为力气用尽才变成了这种样子，但“w—w—h”这种拼写方法不符合日语中罗马字的拼写规则。

从画面下方的标记看来，林应该是用“罗马字输入法”来输入假名的。在“wwh”前面，即小说最后的“AIGEU”处，林的输入模式切换为“英文数字”状态——这么想应该没问题。

那么，是不是以“wwh”开头的单词呢？

以“wh”开头的单词有很多，who、when、where、why……啊，这些都毫无意义。难道不是英语，而是其他外语吗？还是……

突然——

这座地下之馆的寂静被打破，不知从什么地方传来一阵奇异的声响。宇多山跳了起来，思考也被打断了。

“怎么回事？”宇多山全身汗毛倒竖，“那究竟是……”

那不是人类的声音，而是一阵不停刺激着神经的金属声，让人完全无法保持冷静。用拟声词表示的话，是类似“哔——啵——哔——啵——”的声音。

“是舟丘君。”岛田叫道，“你还记得第一天晚上她说过的话吗？她带着用来击退色狼的口袋蜂鸣器，一定是那个东西的声音。”

“啊……”

“快点，宇多山君，”岛田冲出门，“快点，好像发生了意外。”

第八章　第四篇作品

1

由于这几天反复浏览平面图，他们对舟丘房间的大体位置多少有些印象，但也记不清具体的路线。拿出平面图，确认之后，他们马上就跑到错综复杂的走廊上——实际上，宇多山只是全力跟在岛田身后。

只不过，岛田也一样不记得路线。

两人一到之前提到的长走廊，就马上往北走，循着不停鸣响的声音往圆香的房间跑去，但途中还是两次拐进了死胡同。不过，不管怎么说，比起看着平面图慢慢寻找，这样已经快了很多。

“舟丘君！”岛田边喊边扑向门把，“舟丘君！”

门上贴的青铜牌子上写着“IKAROS”——伊卡洛斯，他是代达罗斯的儿子。

米诺斯得知忒修斯杀死弥诺陶洛斯逃跑后，怀疑代达罗斯是内应，于是把父子俩关进了迷宫。在迷宫里，代达罗斯做了两对翅膀，从密室中逃脱。另一方面，两对翅膀是用蜡做成的。伊卡洛斯不听父亲的忠告，在空中飞得过高，翅膀上的蜡被太阳晒融，最终葬身海底。

宇多山想起了这个著名的神话故事，呆呆地站在后面，看着岛田一边喊圆香的名字一边敲门。

哔——啵——哔——啵——

蜂鸣声隔着门传出来，丝毫不见减弱，一直响个不停。这种刺痛神经的声音甚至钻进了宇多山脑海深处，跟伊卡洛斯从天空坠入大海的幻影重叠在一起。

“舟丘君！”岛田声嘶力竭，可房间里什么回应都没有。他两手握住门把，可门上了锁，打不开。

“啊啊，搞不定，”岛田呼出一口气，回头望向宇多山道，“请帮一下忙。”

“啊？”

“把门撞开。”

于是，两人开始撞门。

他们利用拐角到门前这段距离助跑，用肩膀使劲撞门。撞了两三次后，坚固的门只是发出嘎吱嘎吱的声音，连动都没动。

四次五次地撞上去——门完好无损，倒是两人的身体疼得不得了。

“看样子撞不开。”宇多山揉着撞疼的肩膀泄气地说道。

“没法子了，”岛田道，“我去会客室看看。”

“会客室……去拿那把斧子？”

“没别的办法。请宇多山君在这里等我，要是有什么事就大声喊吧。”

说完，他转过身全速前冲，脚步的回音渐渐消失在昏暗的走廊深处。

独自留在门前的宇多山又拧了拧门把，再次使劲摇门，但门还是打不开。不停作响的蜂鸣器敲打着耳膜，再加上肩部的疼痛，让他的头也开始疼起来。

房间里的圆香是不是也变成了尸体？

宇多山精疲力竭地靠在门上，两手捂住耳朵。

（够了，我受够了。）

刚才在林房间的打字机上看到“死亡留言”时产生的奇妙亢奋，现在已丝毫不剩，他像被打垮了一样，使劲摇着头。

他听说过，人类建造迷宫的目的是为了驱魔。古代的中国人认为恶魔只沿直线飞行，于是就把城镇的墙壁建成带夹层的，各装上一扇门，并将其位置错开，在门与门之间建造弯弯曲曲的小路；而古代的英国人为了防止恶魔入侵，会在正门台阶上画出迷宫状的纹路。

什么玩意儿！他想这么抗议。

这哪里是驱魔，这个迷宫馆简直是渴求血液的恶魔聚集之地。

凶手是谁？

须崎被杀了，清村被杀了，林也被杀了。如果犯罪的目的是为了减少竞争对手，那么现在剩下的“嫌疑人”只有圆香一个了，但是连她也……

他觉得这不是正常人的行为。

有个以杀人为乐的狂魔藏在这个馆中。这个人是失踪的井野？或是鲛岛？要说其他人嘛，也就是那个女佣和岛田了。

（不，还有一种可能。）

有可能是一个不为人知的外来者潜伏在这座房子的什么地

方——在宇多山他们没留意的时候，有个精神异常的杀人狂偷偷溜了进来，藏在某处。如果是这样的话……

考虑动机是没有意义的，执着于“模拟”行为只不过是异常者的一种游戏。

想到这里，他不由得对桂子感到万分担忧。她不会是下一个被袭击的目标吧？

可能是电池快没电了，也可能是耳朵已经适应了，他发现蜂鸣器的声音没原来那么响了，能听到其中混杂着从走廊传来的脚步声。不久，气喘吁吁的岛田出现在拐角。看见他手里提着斧子，宇多山不由得倒退一步，害怕他会举起斧子朝自己砍来。

“请退后。”岛田怒吼着发出指令，然后来到门前。惊慌失措的宇多山躲到他身后，岛田两手紧握斧子，往门板上砍去。

随着一声沉闷的巨响，门板裂开了，蜂鸣器的声音一下子高了许多。房间里只开着一盏小灯，光线很暗。

再一击，又是一击……

砍下须崎首级的铁制凶器正慢慢地破坏着房门。

终于把门板砍穿了，岛田从裂缝里把手伸了进去，从里面打开门锁。他将斧子倚在墙边，伸手推门，但门仍然打不开。

“插销也插上了。”岛田焦躁地嘟囔着，再次从门板的裂缝中把手伸进去，拉动插销，这才把门打开。

“舟丘君……”

岛田走进昏暗的房间，刚想去摸电灯开关，又猛地把手缩了回来，可能是想起了“美狄亚”房间的“陷阱”吧。

他把脸贴近左侧的墙壁，慎重地观察了一会儿，确信开关周围没危险后才打开了电灯。

“啊啊，果然……”

在白色荧光灯下，舟丘圆香头朝外，趴在象牙色的绒毯上。

她穿着粉紫色的睡衣，看样子是在睡眠中被袭击的。她的长发在地上散开，右手伸向门口。离右手不远的前方有一个黄色心形、像挂饰一样的东西，这大概就是呼救声的发声源吧。

岛田慢慢走近圆香，拾起还在不停响的蜂鸣器，关上电源。虽然四周重归寂静，可那个声音好像还在耳边打着旋，挥之不去。

“好像是被什么东西砸中了头。”岛田指了指舟丘的后脑勺儿，上面有一道暗红色的伤痕，“不过，这太奇怪了……”

“什么？”

“请冷静下来想想。”岛田边说边往房间深处走去，“蜂鸣器响了，说明她在遭到袭击之后打开了开关，我们也马上从林君的房间飞奔到这里。”

他带着紧张的表情将手伸向洗手间的门，猛地打开。

“没人。”

岛田又把手伸向固定在墙上的衣柜——同样没有人。

“我们破门而入之后，就像眼前这样，除了她之外，没有其他人。”

衣柜里只挂着圆香的黑色礼服和粉色连衣裙。宇多山自破门而入后，始终注视着岛田的一举一动，直到这时候他才觉察到岛田话中的含义。

“这里是个密室。”岛田说着，又往床下看了看，“凶手究竟是如何从内侧插上插销的房间中逃脱的呢？而且，是在我们赶来之前这短短的时间内。”

这时候——

宇多山的余光突然发现倒在地上的圆香微微动了一下。

“啊。”他惊叫一声，朝圆香身边跑去。

“怎么回事？”

“刚才她好像动了一下。”

“什么？！”

宇多山抓住圆香往前伸出的手，摸了摸脉搏，结果——

还活着！虽然脉搏很微弱，但手指的确能感觉得到。

“没死。”他抓着圆香的手，抬头看向岛田，不等岛田吩咐就做出了下一步行动。

“我去叫桂子！”

2

现在是凌晨四点十分。

从三点半蜂鸣声响起，到赶来砸开“伊卡洛斯”的门，过了差不多半个小时。

开着小灯就寝的圆香遭到了袭击，她灵机一动，打开了放在枕边的蜂鸣器。凶手突然听到声音响起，肯定大吃一惊，于是来不及再给她一击，慌忙逃离现场。

（可是，凶手到底是怎么做到的？）

宇多山在挂着白色石膏面具的走廊里拼命奔跑。他在昏暗的迷宫中一边全力跑向桂子的房间，一边认真思考着。

这个馆建在地下，房间里没有窗户，作为唯一出入口的门又上了锁。门锁还好说，即使没有备用钥匙，只要将锁的按钮按下再出去把门关上，门就成了上锁状态。可从内侧把插销插上，那要怎么才能办到？

是通过门和门框之间的缝隙使用了某种物理诡计吗？

从听到蜂鸣器响起到跑到房间门前，中间顶多花了两三分钟。在这么短的时间里，有可能造出一个密室来吗？何况凶手连什么时候会有人赶来都不知道，在这种状况下还用麻烦的诡计插上插销，有必要吗？

跑到和大厅成直线的走廊后，剩下的路就容易多了。从前天开始，他在大厅和自己房间之间不知走过多少次，根据走廊拐角的情况和到处挂着的面具，怎么都能记住路线。

宇多山跑得太快了，好几次撞到了墙上，好不容易才来到桂子住的“狄俄尼索斯”门前。他觉得自己的心脏快从嗓子里跳出来了，冷汗和热汗混在一起，布满了额头、脖子和后背。自工作以来，这么激烈的运动还是头一回。

“桂子。”他喘着粗气，没法发出正常的声音，只得边敲门边调整呼吸，“桂子，是我，快起来。”

他停住敲门的手，房间里一点回音也没有。

(莫非……)

巨大的不安几乎要把宇多山打垮。他凝视青铜牌子上刻着的酒神的名字，像祈祷般大喊着：“桂子！”

他继续敲门，迫不及待地握住门把。终于听到了回应，宇多山才放下心来。

“谁——呀？是宇多山君吗？”从房间中传来微弱的还没睡醒的声音。

“是我，出大事了，快起来，能把门打开吗？”

“嗯，等一等。”

随着一声插销被拉开的轻响，门开了，穿着白色睡衣的桂子一脸茫然地歪着脑袋。

“怎么回事？几点了？”

“不好了，又有事件发生了。”

“呃……”桂子停住揉眼睛的手，张开的嘴半天没合上。看样子，她在听到“事件”这个词之前，大概还处于半睡半醒的状态。

“清村君和林君……不，这个待会儿再说。舟丘君很危险，头部受了重伤，快——”

“明白了。”

桂子打断了宇多山杂乱无章的叙述，快步回到床边，拿起对襟毛衣披在身上，然后从放在桌上的手提包中取出一个黄色的小袋子——里面放着旅行时总会随身携带的急救用品。

“在哪儿？大厅吗？”

“在她房间。”

“带我过去。”

怀有身孕的桂子不能跑，宇多山一路上不住提醒桂子不要着急，不过他们还是尽可能快步走，顺着宇多山来的路线返回去。

“头部的伤严重吗？”

面对这个问题，宇多山只是无力地摇了摇头。

“我不太清楚，不过刚开始我以为她已经死了。”

“是被人打的？”

“是的。”

“你刚才提到清村君和林君，难道他们也……”

“这两个人已经被杀了。”

“怎么会？”桂子一下子说不出话来，只能紧紧抓住宇多山的手。

“详细的情形稍后再告诉你，都是让人无法理解的事件。”

“其他人呢？”

“岛田君在舟丘君的房间里等着。”

“鲛岛君呢？”

“呃，还不……”

“岛田君一个人没问题吧？还有那个女佣。凶手是井野君吧？”

“这个……”

宇多山和桂子来到和大厅成直线的走廊上，刚转过拐角折向北边，这时候——

“宇多山君。”从背后传来一声呼叫，在长长的空间里留下好几声回响。

宇多山大吃一惊，往后望去，只见鲛岛站在走廊的拐角处。

“发生什么事了？”鲛岛一边问一边跑过来。

“刚才响起一阵蜂鸣器般的声音，过了好一会儿还没有停止，我觉得奇怪，就去大厅看了看。”

宇多山表示理解。那个声音经过迷宫中央部分传到鲛岛位于东侧的房间，这一点也不奇怪。

“正是蜂鸣器的声音，”鲛岛越走越近，宇多山窥视着对方说道，“舟丘君的口袋蜂鸣器响起来了。”

评论家停住脚步。

“那她是不是出事了？”鲛岛脸色苍白地问道。

“她被凶手袭击了。”

“怎么会……”

“真的，请鲛岛老师跟我们一块儿过去吧。”

3

宇多山带着桂子和鲛岛回到“伊卡洛斯”时，已经是凌晨四点半了，离日出还有一个小时左右。

圆香和宇多山飞奔出去时一样，仍旧倒在地上。

“我想还是不要随意挪动为好，就让她继续躺在这里。虽然好像还有些气息，但跟她说话她却一点反应也没有。”一直等待桂子到来的岛田说着，“总之，请夫人诊断一下伤势。”

“好的。”

桂子松开紧握着宇多山的手，走到房间中央，在圆香趴着的地方蹲下来，先摸了摸脉搏，然后查看头部的伤口，接着看了看她侧向一边的脸。

“先抬到床上，”她对围观的三人吩咐道，“让她平躺着，脸侧向一边。”

“明白了。”岛田马上行动起来，“宇多山君，拜托你抬头部，我来托着脚。”

“啊，好。”

“我也帮一下忙吧。”说着，鲛岛走上前来。

“轻点，请尽量别转动她的头部。”

三人按照桂子的指示抬起圆香的身体，慢慢放到床上。岛田拾起掉落在墙边的毛毯，盖在圆香的身上。

圆香紧闭双眼，眉间浮现出深深的皱纹。桂子将脸凑近她嘴边确认着她的气息。

“舟丘君。”桂子高声呼喊她的名字。只见口红被擦掉、血色褪尽的嘴唇微微动了动，就没有反应了。

桂子从带来的小袋子里取出消毒药水和脱脂棉签，迅速进行伤口消毒，然后回头看了看在身后注视着自己的宇多山。

“伤口并不深，但看样子不单是脑震荡。万一有脑出血，在这里是没办法抢救的。”

“一点办法都没有吗？”鲛岛搓着苍白的额头问道。

桂子摇摇头。“必须尽快送医院。”

“可是现在……”

“我去正门看看。”岛田说道。

“岛田君，正门上着锁呢。”宇多山说道。

“也许会有办法，而且我还想顺便看看角松的情况。她一个人很危险。”

危险——这个词既包含对角松富美祐的担心，又有对“杀人狂就是那个老婆婆”这种可能性的忧虑。

“岛田君，请尽量想办法再拿一条毛毯来，还请用脸盆之类的东西端一盆热水来。”桂子道。

“那我跟你一起去吧。”鲛岛从后面追上走到门口的岛田，“留你们两个在这儿没问题吧？”

宇多山跟桂子互相看了一眼，点了点头。

“啊，对了，宇多山君，”岛田站在门口，回过头说道，“请看看那个打字机，电源是我刚才打开的。”

“那……又是那种情况？”

“不，不一样，她还没开始创作小说。”

四月二日，晚上十一点二十分。 当我在打字机前敲打键盘时，心情似乎平静了一些，

虽然自己并没有写日记的习惯。

可能是一直从事的这个职业的缘故吧，写文章能起到镇静的作用，这可真奇怪。

刚才吃了安眠药，可还是很难入睡。我只好起来，不过也没心思创作小说。横竖睡不着，干脆把自己想到的事情全部记录下来。

凶手是谁呢？

回到房间之后，这个问题塞满了我的脑袋。

我觉得清村君说得好像很有道理，可仔细一想，也没法认定井野君就是凶手，不是吗？而且，即便他就是凶手，并且已经从这座房子里逃了出去，又怎么能断言他不会回来再次行凶呢？

我们依然处在危险中。

清村君虽然表面上那样说，但内心恐怕也不是完全赞同自己的观点。

我理解他的心情，我也不想失去宫垣老师的这笔遗产，但是……

最让人在意的是那个“模拟”。先不论岛田君的观点，凶手为什么要模仿须崎君的作品来“装饰”尸体呢？

难道比起杀死须崎君，“模拟”对凶手而言更重要吗？虽然毫无依据，但我忍不住这样想。

这么说来——

如果是这样，那么我大概不能在这里写自己的作品了。

这可能只是一种强迫症，但怎么说呢，只要我一行也不写，凶手就是想进行“模拟”杀人，也绝对办不到。

我到现在还是一行也没写，昨晚光想了想故事大纲就精疲力竭了，这是不是也能被称为“幸运”呢？用这种理由放弃写作比赛，我不会后悔吗？

我不明白。

今晚好好睡一觉，也许明天我的想法会发生改变。

睡觉之前突然想起一件事，我怕自己忘了，就在这里写下来吧。

就是那辆车的事，那辆车……

算啦，大概是我想多了，可能什么关系也没有。

总之，先去睡觉，安眠药好像开始生效了，明天再考虑吧。

4

三十分钟后，岛田和鲛岛回来了。

随两人而来的角松富美祐可能已经知道了大体情形，看上去一脸的惊恐。看到躺在床上的圆香，她立刻吓得退到房间一角，背靠墙，瘫坐在地上。她不顾乱糟糟的睡衣下摆，双手合十，嘴里嘟嘟囔囔地念起佛经来。

“正门还是没法打开。”岛田把装了热水的脸盆放在里面的小桌子上，“情况怎么样？”

桂子轻轻摇了摇头，接过鲛岛递来的毛毯，盖在圆香身上。

“完全没有恢复的迹象。”

她带着阴郁的表情看着一直昏睡的圆香。岛田发出短促的叹息声，抱着双臂，沿着正面靠里的墙，慢吞吞地走来走去。

“坐下来吧，桂子，老站着对身体不好。”宇多山说着，把桌子旁的转椅拉到床边。

“谢谢。”桂子用混杂了叹息的声音应道，然后带着一脸疲乏坐了下来。宇多山一只手拦在她肩上，往岛田的方向看去。只见他像被关在笼子里的熊一样，抱着双臂在两面墙之间走来走去。

“打字机我看过了，岛田君。”

“是吗？”岛田恰好走到正对床的位置，在穿衣镜前停下脚步，望向宇多山。

“你不觉得是篇很有意思的‘手记’吗？”

“哦，是啊。”

也许那确实属于“手记”的范畴，至少不是“小说”，也不是反映真实事件的“纪实文学”。

“只要自己不开始写小说，凶手就无从下手——她这么写到。我觉得，她产生这种心理是很正常的。”

“我也这么想，可是——”宇多山回头朝打字机瞥了一眼，“有些地方我不大明白。”

“‘那辆车的事情’，你是指这个吗？”

“对。”

“是这个吗？”鲛岛看着打字机的显示器。

“是的，好像是舟丘君睡前写的文章，在最后的部分……”宇多山话还没说完，这时候……

咕咕……突然响起类似野兽低吼的声音。一瞬间，大家都露出慌乱的神情。当大家意识到这是床上的圆香发出的声音时，她在枕头上的头微微抬了抬。

“啊！”桂子从椅子上站了起来，“舟丘君，别这样，不要动。”

不知道这句话有没有传入圆香的耳朵，只见她像在剧烈抽搐般抬起了上半身，连盖在身上的毛毯也被掀掉了。

“没事吧，舟丘君？”

从宇多山的位置能看到圆香抽搐的侧脸。

她的眼睛直视前方，突然睁得老大，仿佛被什么附体一般；失去血色的嘴唇抖动着，然后——

她缓缓举起右手，颤抖的手指往前指着，指尖正对目瞪口呆的岛田。

“舟丘君。”桂子将手放在她的肩膀上，突然——

咕咕……从圆香的喉咙里发出比刚才更大的声音。她猛地把伸出去的右手按在嘴上，随着令人不快的“咕咕”声，一些黄色的呕吐物从她手中流了下来。

“糟了！”桂子大叫一声，连忙按摩圆香的背部，“麻烦谁拿条毛巾来。”

呕吐是头部受到打击后最危险的症状，这种程度的常识宇多山也知道。

岛田匆匆去卫生间拿毛巾，鲛岛也慌忙跑到床前，老婆婆坐在房间角落没完没了地念着佛经。

三十分钟后，舟丘圆香咽下了最后一口气。正像桂子担心的那样，后脑勺儿受到的击打对她的大脑造成了致命的损伤。

时间是五点三十分。

大地迎来黎明。

第九章 讨论

1

“换个地方，尽可能离正门近一点，这样会方便些。”

按照岛田的提议，五个人朝大厅走去。看到桂子疲劳不堪的样子，岛田也不忍心再让她去检查清村和林的尸体。

迷宫馆的屋顶在黎明中渐渐改变颜色，从嵌在铁枝间的一块块玻璃窗外透进了淡淡的光芒。

错综复杂的迷宫让人觉得走廊很漫长，宇多山拖着沉重的步子，搂着妻子的肩膀，走进大厅，后面跟着鲛岛和角松。

宇多山摇摇晃晃正要往桌旁走去，突然发现岛田没进来。于是，他跑回门口。

“岛田君？”

岛田在走廊右侧那座阿里阿德涅像前站着，仔细观察着它，并伸手去摸铜像伸出的右手，好像压根儿没听见宇多山的声音。

“怎么了？”

岛田握住铜像的右手，又将自己另一只手移向铜像放在胸前的左手，这才回头看着宇多山。

“啊啊，不好意思。”

“这个像怎么了？”

“不，我也说不清楚，总感到有些不对劲。”

这么说起来，岛田来的第一天就注意到了这座阿里阿德涅铜像。

角松富美祐走进大厅，往沙发上一坐，立刻像球一样蜷起瘦小的身子，又开始嘟嘟囔囔地念起佛经来。过了一会儿，好不容易才从铜像前离开的岛田跟宇多山、桂子以及鲛岛一起走进大厅。他们尽量避开沙发，围坐在桌旁。

宇多山和桂子并排坐在椅子上。可宇多山刚坐下来，立刻又起身去餐柜拿来威士忌和酒杯。

“各位要不要喝一点？”

“我不喝。”岛田摆摆手。鲛岛和桂子一言不发地摇了摇头。令人不快的沉默降临在他们头上，只有老婆婆那嘶哑的声音不停地回荡。

宇多山回到桌旁，把杯子里的威士忌直接倒进喉咙。虽然喝的是好酒，可现在他一点酒味都喝不出来。

“这是今天的一根。”宇多山听见岛田低声嘟囔道。

岛田手里拿着一个像是放图章的黑色盒子，从里面拿出一根香烟叼在嘴里，然后对准盒子（是特制的烟盒？）的一头。只听到咔嚓一声，从盒子那头冒出了小小的火苗。

“好了，各位，”烟转眼之间就成了灰，岛田依依不舍地在烟灰缸里捻灭了烟头，然后说道，“天已经亮了，可大家还不能解散，我们已经处于一个非常危险的状况之下了，必须保持警戒状态。”

“警戒？”鲛岛抬起脸问道。

“是的，因为不能保证我们中间有谁不会再去作案。”

“凶手不是井野君吗？”

“这种可能性当然不能否定，可是也不能断定井野就是凶手。尤其是现在，不是须崎君一人被杀，而是四个人全部被杀了。”

“确实是这样。可是，岛田君，要说我们中的谁杀了那四个人……动机究竟是什么呢？”

“这也正是我想知道的。”岛田略显生硬地说道，用手托着下巴。

鲛岛沉默不语，桂子低着头，角松继续念佛经，宇多山不停地大口喝着玻璃杯中的酒。

“无论如何——”过了一会儿，鲛岛像是拿定主意似的说道，“在有人打开正门之前，我们不能一直这样一声不响地大眼瞪小眼，不如再一次从最初的事件开始讨论——我们目前能做的好像只有这一件事情了。”

“我赞成。”岛田放下手，直起腰来，“我总觉得好像能看到什么，可‘形状’却不清楚，一直是朦朦胧胧的。”

宇多山也有类似的感觉。

特别是林在打字机里留下的那个“死亡留言”，还有刚才圆香一度恢复意识时的那个举动，这些究竟意味着什么呢？当时她抬起手臂，伸出手，指的是站在床前的岛田，那是……

（我看见了袭击自己的人？）

宇多山脑海里不可避免地涌现出疑惑。

（他是凶手？）

不可能。首先，当圆香的口袋蜂鸣器响起来时，岛田正和自己待在林的房间里。

（不，可是……）

餐柜上放着的镀金座钟突然响起，用清澈的声音宣布此时已到早晨六点。这个声音震动着房间里紧张的空气。

2

“先‘复习’一下第一起事件吧。”岛田两手轻轻地按在桌边，“被害人是须崎昌辅，犯罪现场是会客室‘弥诺陶洛斯’。凶手先用某种钝器打晕须崎君，然后用细绳把他勒死。接下来，凶手用装饰在房间墙上的斧子把他的脖子几乎砍断，之后把同样装饰在墙上的水牛头标本放在尸体的脖子上。犯罪时间大概在深夜至天亮之间，没法作具体限定，在这个时间段里没人有不在场证明。

“另外，须崎君房间‘塔洛斯’的打字机中，留有题目为‘弥诺陶洛斯的首级’的小说开头部分，其中描写的杀人现场和真实的事件几乎完全一致。作品中描述的是将水牛标本盖在头部的位置，以此暗示对‘弥诺陶洛斯’的‘模拟’；而模仿这部作品发生的实际事件则可以说是一种‘二重模拟’。

“下面姑且整理一下我们推测的犯罪经过。

“那天晚上，我们分别回到自己的房间。凶手在大家都入睡之后，来到须崎君的房间，用某个巧妙的借口把他骗到会客室——也可能是事先约好了时间和地点，须崎君自己直接去了会客室。我们可以想象，凶手读到稿件的机会，要么是在造访须崎君房间的时候，要么是趁须崎君在会客室等待的时候。然后，凶手趁其不备用钝器击打他的头部。

“好了，事情至此，至少出现了两个疑问。

“其一，凶手为什么要‘模拟’《弥诺陶洛斯的首级》？

“其二，在施行‘模拟’的过程中，为什么要做‘砍头’这种多余的工作？”

岛田稍微停了一下。

“就这两个问题，我们昨天已经讨论了很多。特别是第二个问题，关于砍头的理由，我已经谈了自己的理解，并按照这种理解给大家做了检查。但结果如各位所见，接受检查的八个人中没有一个是‘符合条件的人’。”

看样子，岛田仍然执着于当时提出的“砍头逻辑”，也就是凶手因为某种意外让绒毯沾到了自己的血，为了掩盖这个血迹而进行了多余的砍头工作。

但是——宇多山想，如果执着于这种解释，结论就必然会倾向于“井野＝凶手”这种说法。

“关于这一点，请允许我保留个人意见。”说着，岛田看了看围着桌子的其他三个人，“大家有没有什么意见？”

“谈不上意见，”鲛岛答道，“刚才第一个问题——凶手为什么‘模拟’须崎君的作品，关于这一点我也说不清楚，可我感觉凶手会不会只是为了‘存在感’才这样做的？比如为了产生戏剧效果……可以这样说吧？”

“就是说，凶手为了给我们看，才特意做出这种过火的表演？”

“是的，现场总给我这么一种印象，凶手似乎是在发狂的情况下才那么做的。”

“鲛岛老师，”宇多山开口道，“事实上，清村君和林君被杀现场的状况也很类似，都是对他们各自作品的‘模拟’。”

“真的吗？”评论家眨了眨眼睛。

“啊啊……我已经受够了！”一直低着头的桂子低声嘟囔道，又将求救般的眼神投向宇多山，“我受够了，别再谈事件了，我不想听。”

从昨天开始，桂子一直表现得很坚强，连身为丈夫的宇多山都感到吃惊。然而，她毕竟是个女人，目前还有孕在身。她检查了须崎血淋淋的尸体，又看着圆香悲惨地死去，现在看来，她的神经一定受到了很大刺激。

宇多山轻轻抱住她颤抖的双肩。

“别担心，大家都在这里，不会有危险的。要不，你坐到沙发那边去？”

“嗯……啊，不，不要紧。”桂子像突然回过神来一般摇摇头。

“十分抱歉。不好意思，岛田君，请你继续吧。”

“噢，那么——”岛田的手指像在抚摩桌子表面般不停移动，再次开口说道，“刚才鲛岛老师的意见也有道理。推理小说迷一说起‘模拟杀人’，马上就会围绕其必然性展开议论，但这种‘模拟’行为的本质可能并没有什么道理可言，只不过是凶手的个人行为罢了。好吧，针对‘模拟’的讨论先到这里。下一个问题，来谈谈失踪的井野君到底去哪儿了。”

“关于这一点，岛田君，昨晚我有个想法。”鲛岛说道，“昨天，清村君一直主张井野君是凶手，认为他杀了须崎君之后因为害怕而逃跑了。岛田君和宇多山君找了很多地方，还是没找到他。当时听了清村的意见，我觉得挺有说服力的，所以赞成继续进行竞赛。但之后我总觉得放不下心来，井野君——如果他是凶手的话——可能没有逃出去，而是藏身于这座房子的某处。”

“难道，鲛岛老师也认为这座房子里有隐藏的房间？”宇多山不由自主地开口问道，看来是想起了昨晚岛田说的话。

鲛岛却茫然地睁大了眼睛。“隐藏的房间？会有这种东西吗？”

“啊，不，是岛田君……”

“没有吗，鲛岛老师？”岛田一本正经地问道，“这座迷宫馆的设计者中村青司酷爱设置机关；何况，其拥有者不是别人，是宫垣叶太郎。综合这两点考虑，我认为这座房子里的某个地方很可能有诸如此类的机关。”

鲛岛说着“谁知道呢”，摇了摇头。

“我想说的不是这个意思，即便不存在那种未知的房间，井野君也有地方藏身。”

鲛岛说到这里，宇多山才想起来——

确实有藏身的地方，不在大门外的地面上，而在这个地下之馆里。

只要持有房间备用钥匙，就可以自由出入。可之前不知何故，大家都忽视了那里。

“宫垣老师的书房吗？”

“正是如此。”鲛岛在睡衣外披了件短外套，两手插在外套的口袋里，轻轻点着头，“比如，杀害须崎君并砍下他的脑袋时，凶手应该全身都会沾满飞溅的血迹，肯定得把血洗掉。从这一点考虑，我认为书房是个绝好的场所，因为里面有浴室。”

“原来如此。”

太粗心大意了——岛田摸着尖尖的下巴，脸上的表情仿佛在这么说。

“那么，接下来，有必要把那个房间的门砸开。”

3

“第二起事件是宇多山君偶然发现的，是吧？”

井野满男是不是凶手，关于这一点目前还没有答案，大家转入下一个话题。

“被害人是清村淳一，现场是他房间‘忒修斯’旁边的空房间‘美狄亚’。宇多山君，能否请你把发现尸体的经过再讲一遍？”

“好的。”

宇多山尽可能详尽地把整个经过说了一遍。

“听到我的叫声，岛田君来了，我们两个一起在现场查看尸体的情况。”

然后是开关周围布置的毒针以及清村口袋里那封以“圆香”名义写的信。

“这封信究竟是不是舟丘君写的，还不得而知。”

“她可能跟清村秘密讨论过写作比赛的事情，但是……”大概是回想起女作家死去的那一幕，鲛岛用手指使劲按住眼皮。

岛田接过这个话题。“那封信可能是伪造的。”他陈述自己的意见，“舟丘君房间打字机里的那个‘手记’，鲛岛老师应该也看过了吧？从手记上看，她根本没有考虑写作比赛的事情。”

“那么，信是凶手写的？”

“嗯，我是这么想的，”岛田自信地说道，“不过是在舟丘君本人不是凶手的前提下。”

“舟丘君会是凶手？”宇多山忍不住开口问道，“她也是被害人之一啊。”

“被害人之一是凶手，这也很正常。”岛田抿起嘴唇，露出淡淡的笑容，“从范达因的名作开始，这种例子有很多。”

“可她也死了……”

“大概只能说，就结果而言，她确实死了。”

"……"

"舟丘君自导自演了一出'最后的被害人'受到袭击的好戏。她杀了清村君和林君之后，在自己房间里设法弄伤自己，然后打开口袋蜂鸣器。可是，她用某种方法击打自己的头部时，一不小心用力过猛，结果连命也丢了。"

"那个，岛田君，"开口说话的是桂子，"我觉得那不大可能。要在自己头部的那个位置造成那样的伤害，并不容易。"

"是吗？"岛田仿佛弹钢琴一般，用手指敲着桌子，"用刀或枪就另当别论了，但要击打后脑把自己打晕，确实很难。使用某种机械诡计或许可以，但现场并没有使用过这类诡计的痕迹。而且，如果其目的在于制造被凶手袭击的假象，那她就不该将门的插销插上。刚才那样说实在不好意思，'舟丘＝凶手'这种可能性毫无疑问可以排除。"

然后，岛田将手伸进运动衣的口袋，取出一张纸片。在三个人的注视下，他把纸片展开，放到桌子上。原来是之前那张显示房间分配情况的平面图。

"话说回来，"他抬起眼睛说道，"第二起事件，即清村淳一被杀事件，第一个问题在于凶手为毒杀清村而使用的诡计。凶手什么时候看了清村君在打字机里打的稿件，这点我不知道。当然，凶手是井野君也好，其他人也好，应该都拿着房间的备用钥匙，很可能会悄悄溜进清村君的'忒修斯'。接下来，凶手模仿那篇刚开始写的《黑暗中的毒牙》，在'美狄亚'中实施了毒杀。嗯，从时间上看，我觉得有点勉强。"

岛田稍微停了停，皱着眉头望向天花板。

"好吧，先不管那个，总之，凶手从某个地方搞来了尼古丁浓缩液、油灰和针，然后设计了一个毒杀的陷阱。有陷阱的房间是作品开头的舞台‘美狄亚’——选择这个房间，是对作品的‘模拟’，还是为了让犯罪成立，不管怎样都要找个空房间。”

宇多山“啊”了一声，在椅子上微微将身子往后仰。跟之前——说起来也有四个小时了——在清村被杀现场时相比，岛田似乎已经有了更清晰的思路。

“首先是房间的构造。”岛田说道，“据我看，这座房子里所有客房的构造都几乎一样，门都是朝内向右开的，电灯开关都在门左边的墙上。于是，清村来到没有开灯的房间时，自然会用左手摸索电灯开关，结果掉进了陷阱之中。

“不过，要是在这个大厅，或者娱乐室、图书室之类的房间，又会怎么样呢？大厅里总会有人，不适合设置陷阱。至于娱乐室、图书室和会客室，你们还记得吗，门都是朝内往左开的，电灯开关在进门右边的墙上，而且与客房相比离门要远一些。因此，假如在这些房间设下陷阱，凶手担心‘猎物’会确认开关的位置，发现陷阱的存在。”

“但是，岛田君，”宇多山说道，“当时你也说过，如果凶手喊清村去空房间‘美狄亚’，清村一定会产生怀疑。”

“正是这样，因此，凶手才以舟丘君的名义，先骗他到娱乐室去。”

岛田向大家展示平面图。

“请各位稍微看看这张图，”他说道，“大家都有吧？”

宇多山从裤子口袋里掏出平面图，在桌子上摊开，让桂子也能看清楚。鲛岛往岛田身边靠过来，看着他的平面图。

“清村君按照从门下面塞进来的信的指示，在凌晨一点来到娱乐室，可是等了好一会儿还不见舟丘君来。之后，清村君会直接去她房间吗？我认为以他的性格是不会的。恐怕他会因白等一场而生出一肚子火，然后回到自己的房间。

“接下来看这张图。从并列着十六条岔道的长走廊到‘忒修斯’和‘美狄亚’——请比较去两个地点的迷宫路线。”

宇多山将注意力集中到岛田所指的地方。

在十六条岔道中，通向“忒修斯”和“美狄亚”的分别是第几条？前者是从南往北数的第十三条岔道，后者是第十条。

“……啊啊。”

宇多山注意到那一点，忍不住叫出声来。桂子和鲛岛也不约而同地发出类似的声音。

“怎么样？真的是完全一样吧？”

确实如岛田所说。

通往两个房间的走廊，无论是拐角还是死路，构造都一模一样。(见图二)

“下面希望大家能记起一个事实。宇多山君去拜访清村君的时候，发现平面图被扔在桌上，就是说，清村君去娱乐室时没有带上这张图。如大家所见，娱乐室是个十分好找的地方；而且自前天以来，他已经走过好几次，路线都印在脑子里了。比如，墙上装饰的石膏面具就是个可靠的标志。”

“啊。”宇多山又叫了一声。

(原来如此，是那些石膏面具。)

他在“美狄亚”发现尸体之后，跟岛田一起去林房间的时候——当时心里感到不对劲，现在终于搞明白是什么原因了。

是那两个石膏面具——露出牙齿的狮子和额头中央长角的怪兽。

昨天和岛田一起寻找井野，要去“美狄亚”的时候，岔道上的

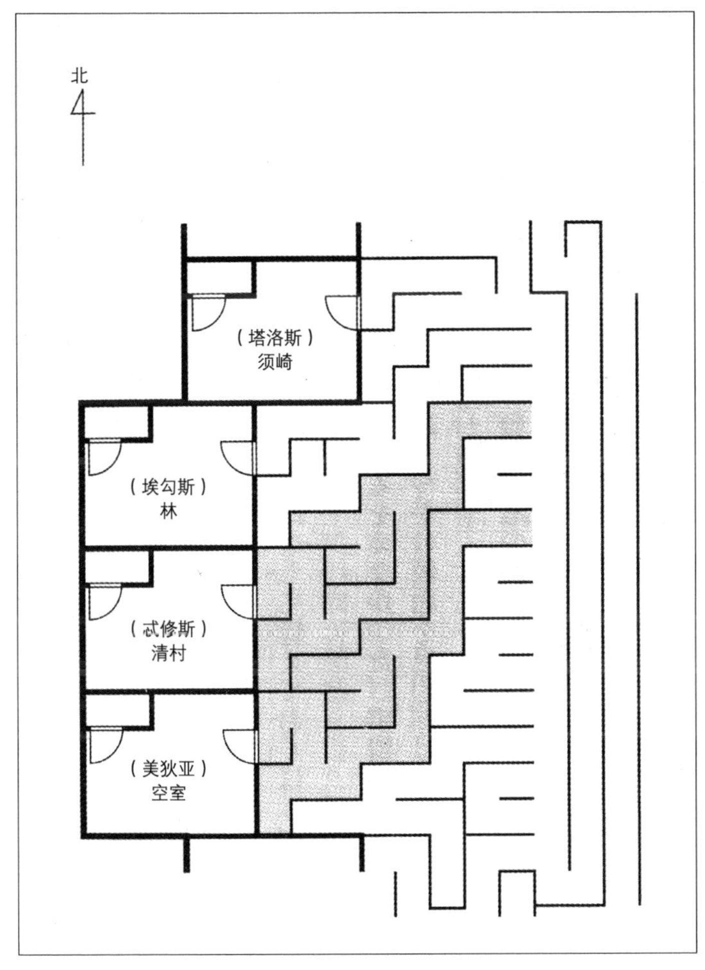

图二 迷宫馆局部图

面具是狮子。然而，发现尸体之后，那里的面具却变了——清村房间“忒修斯”所在的岔道上是狮子，“美狄亚”则是独角兽。

两个面具被对调了。

“十六条岔道之中，哪一条通往自己的房间呢？如果是一两条还比较好记，可在十六条里一条条数过去，实在麻烦，还不如将墙上装饰的面具记下来。”

宇多山不得不赞同岛田的推理，他自己也是靠面具来记住路线的。

“总而言之，凶手趁清村君去娱乐室时，将通往‘忒修斯’的岔道面具跟通往‘美狄亚’的互相调换了位置。从走廊南侧回来的清村君自然是去找记忆中的面具。他看到作为标志的面具出现，于是就从那里拐了进去。第十条和第十三条的间隔并不远，会搞错也不足为奇。

“这么一来，他本来打算回到自己的房间，结果却被引至‘美狄亚’。我们再看那扇门，跟‘忒修斯’一样，‘美狄亚’门上刻着房间名字的牌子也掉了，那是凶手预先取下来的。”

围绕清村死亡的若干谜团，逐渐有了令人信服的解释，这些碎片渐渐拼成了某种“形状”。

“如果不在乎‘模拟’的话，当然不必这么费事，直接到清村君的房间设下陷阱即可。不过那种机关很花时间，怎么也不可能在他离开房间的短短十几分钟内布置好。

“于是‘猎物’就这样被诱导到有陷阱的房间里。房门没上锁，灯也关了。清村君离开自己房间的时候，就算也关了灯，但门是不会忘记上锁的。因此，看到这种情况，他自然会产生怀疑。只不过，他即便想象得到室内可能潜伏着危险，依然会因深信这是自己的房间而去开灯。无可否认，这种行为在那种情况下是极其自然的。”

“我去找清村君的时候，发现他房间的门没有上锁，这是怎么回事呢？”宇多山提出了疑问。

“我认为是凶手事后打开的。”岛田瞥了一眼鲛岛，然后答道，“刚才鲛岛老师提出了一些个人见解，我用类似方式来思考，感觉凶手可能是想尽量缩短我们发现清村君尸体的时间。”

“缩短时间？”

“嗯，我认为，凶手预计尸体被发现的时间是早上，大概是我们起床之后。到那个时候，我们注意到清村君、林君和舟丘君都没起来，肯定会慌忙跑去他们的房间看一下。宇多山君晚上去找清村君，应该完全是凶手计算之外的事情。

“因此，凶手打开了清村君房门的锁。这样，我们发现清村君没有回应之后，就不必特地砸开房门了。这么说起来的确有点奇怪，不过早点让尸体被发现这种心理，很符合鲛岛老师提出的‘强调自我说’，并非不可想象。”

宇多山无法做出任何判断。

强调自我？要是这么说，最符合这种形象的人不就是正扮演“名侦探”的这位岛田洁吗？要不就是以评论推理小说谋生的鲛岛？只有失踪的井野满男，再怎么看也没法将他跟这种形象重合在一起。

“在我们五人当中，可以像刚才说的那样实施犯罪的是……”岛田缓缓望向鲛岛、宇多山和桂子，然后把目光投向蜷缩在沙发里的角松，“只要拿着房间的备用钥匙，谁都可以做到，目前好像只能这么说。”

4

“我们来看看第三起事件吧。”岛田继续说道，“我和宇多山君想尽快把其他人叫醒，于是去了离现场最近的林君房间‘埃勾斯’，在那里发现他背上插着一把刀，已经断气了。那么，这起杀人事件到底发生在清村君死亡之前还是之后呢？我认为是之后，也就是说，林君被杀是第三起事件。

“林君的房间就在清村君的隔壁，因此考虑到作案时的响动，等清村君死后再动手比较安全。清村君之死发生在凌晨一点到一点半这段时间。凶手恐怕是在确认他中了陷阱之后，才拿着作为凶器的刀子去了林君的房间，时间大概在凌晨两点之前。

“那么，关于这个现场的情况……”

岛田针对林尸体的位置与姿势、房门后堆了桌子和凳子等情况作了一番说明。

“接下来就是有问题的打字机。他临死时还抓着桌边，而桌上有打字机的键盘。打字机开着，显示器里有一篇文稿。我认为他被袭击前一直在写作。”

“是不是又和实际的情况一致？”鲛岛问道。

岛田点了点头。“不过，他那名为‘光明正大的留言’的作品本身就有点与众不同。现场的状况究竟是凶手事后布置的，还是偶然的巧合，或者是由于被害人自身的意志形成的，我很难判断。”

“被害人自身的意志？这是什么意思？”

“就是说林君的作品。”岛田开始解读打字机中留下的小说开头部分。

“我”来到迷宫馆里一间名为“埃勾斯”的房间里，开始写小说，并宣称作品的主题是“死亡留言”——以上部分是序言。这篇文章以该序言为开头，后面是对杀人现场的描写。

“实际上，后面的文章中断了，显示器中先出现四行空白，然后是几个意义不明的字母，光标就在那几个字母之后。”

“嗯。”鲛岛沉思着，“林君的尸体在那个地方以那种姿势倒下，是因为要用打字机写下‘死亡留言’？”

“看来是这样，可能是凶手读了打字机上的文章，进行‘模拟’并离开现场之后，一息尚存的林君竭尽全力敲出那个留言。”

“是哪几个字母呢？”

“小写字母‘wwh’。”

“wwh……”

（比如说，要是改成大写字母，会怎样呢？）

话题转向这个留言，宇多山又开始思索起来。

“WWH”，这个是……对了，把它上下颠倒的话，不就会变成不同的字母了吗？是“HMM”，还是“MMH”？

指姓名缩写是“HM”或“MH”的人吗？没有啊，即使从作家们的笔名考虑，也没有符合条件的人。

说起“HM”，卡尔[①]以“卡特·迪克森”名义创作的若干作品中有个活跃的名侦探，这个缩写不就是别人对他的称呼吗？亨利·梅利维尔爵士，一个体形如啤酒桶的人。不对，如果这是指扮演“名侦探”的人，也就是指岛田，也太牵强了。

“HMM”？《早川推理杂志》？也许往那本杂志投过稿的人是凶手？鲛岛应该投过，清村也投过，圆香大概也……清村和圆香是被

①约翰·狄克森·卡尔（1906—1977），美国著名推理小说作家，被称为“密室之王”。

害人，所以，剩下的鲛岛是凶手？

啊，这种解释也太牵强了。首先，林被杀时并不知道清村已死，也不知道接下来圆香会被袭击，那他的死亡留言又有什么意义？

（等一下。）

重新考虑一下“MH”这个缩写。

如果是赫本式[①]罗马字，确实没有符合条件的人；但对于日本式[②]罗马字，则有一个人符合。赫本式将“ふ”拼成“FU”，而日本式则拼成“HU”，于是“MADOKA HUNAOKA”——舟丘圆香——就符合条件了。

可这还是不对，“第四名被害人”圆香是凶手的可能性刚才已经被否定了。

“宇多山君，后来你想到这几个字母的含义了吗？”

听到岛田的问题，宇多山有气无力地摇了摇头。

“想了好多，却怎么也想不出答案。”

“这样吗？”岛田失望地耸耸肩，“老实说，我也找不到方向。鲛岛老师和夫人要是想到什么的话，请说出来。”

鲛岛闭着眼摇了摇头，桂子一言不发地把脸靠在宇多山肩上。

“那么，这个问题以后再说。下面是门后障碍物的问题——”岛田抿了抿厚厚的嘴唇，“我认为林君是为了安全，才把自己关进房间，锁上门，插上插销，又将桌椅堆起来做障碍物。但我跟宇多山君进入那个房间的时候，门没上锁，插销被拉开了，连障碍物也被移到

①詹姆斯·柯蒂斯·赫本（1815—1911），美国传教士，最早使用罗马字母来为日语的发音进行标注，这种方法被称为“赫本式罗马字”。

②赫本式罗马字是以英语的发音作为依据来标注日文，其中有很多不严谨的地方。一八八五年，田中馆爱橘按照音韵学理论设计了日本式罗马字。

一边。首先，问题在于，凶手是用什么方法进入那个房间的。最简单的推理是林君自己请凶手进房间的，可他会让一个深夜到访的人进来吗？你怎么看，宇多山君？”

“要么是他不防备的人，要么是受了哄骗，至少，对方不可能是井野君。”

“对，林君应该不会让井野君进房间。那么，谁有可能进入呢？”

岛田依次看着每个人的脸。

“鲛岛老师和桂子夫人都有可能，因为你们跟竞赛没有直接的利害关系。角松虽然可能性不大，但也不是绝对不可能。然后是宇多山君，你也一样。”

“什么……”宇多山惊讶地瞪大眼睛，“我不可能吧？舟丘君的蜂鸣器响起时，我跟你在一起啊。”

“嗯，这么说来，确实可以将你排除在外，但也不能完全排除。”

“为什么？”

“我来说个假设。听见那个蜂鸣器响起时，我确实跟你在一起，但如果那本身就是你设计的不在场证明呢？”

“什么？”

“比如，你在‘发现’清村君的尸体之前，已经袭击了舟丘君，然后在她的口袋蜂鸣器上安了个定时装置。等和我一起‘发现’林君的尸体时，定时装置启动，蜂鸣器响了起来。我们马上赶到她的房间，可因为门打不开，我只好去会客室拿斧子。在这段时间内，你取出备用钥匙开门进了房间，把定时装置处理掉。这个假设怎么样？”

“开玩笑也请适可而止，”宇多山厉声说道，“你要是怀疑我有备用钥匙，就检查一下我随身带着的东西吧。”

“傻瓜才一直把备用钥匙带在身上。”

看着岛田一本正经说出这番话，宇多山说了句“怎么可能……”，顿了半天，才继续说道：“那么，岛田君，你刚才提出的假设可以原封不动地还给你。安装定时装置的人也许是你——趁着破门而入的那阵混乱，偷偷把装置处理掉了。”

“这种解释太不自然了。”岛田完全不为所动，“第一，我即使想用这种方法制造不在场证明，也没法预见到宇多山君会在那个时候发现清村君的尸体。”

“也许是你计算好时间打算去谁的房间呢。”宇多山气冲冲地反驳道，“而且刚才在‘伊卡洛斯’发生的事情，还记得吗？舟丘君临死前一度恢复了意识，当时她为什么用手指指着你，岛田君？”

“哎呀，那是怎么回事呢？”岛田苦笑着，歪了歪嘴唇，“好了好了，请别那么生气，我只是列举可能性罢了。关于我或者宇多山君是凶手的假设，有个决定性的证据可以对此进行否定。”

“啊？”

“为什么不让舟丘君彻底断气呢？这就是证据。凶手只往她头上打了一下就离开了现场，要是她没死，岂不是糟糕透顶？如果最先遭到袭击的是她，凶手不会做得这么不彻底。”

“原来如此。”宇多山一脸不满地点点头。

岛田有点尴尬地说了句“那么——”，又接着说道：“还有两个问题——死亡留言以及林君把凶手请进屋的原因。关于第二个问题，实际上，我有种与刚才说的完全不同的想法。”

“真的吗？”鲛岛从短外套的口袋里掏出一根烟，然后插嘴道，“究竟是……”

“哎呀，请等一下，那种想法等我们讨论完第四起事件，自然就会明白。”

说着，岛田突然站起身来，往厨房门走去。

“不好意思，我渴得很，请让我先喝杯水。”

5

“第四起事件啊——”岛田喝下玻璃杯里的半杯水，继续说道，“先别管我刚才说的安在蜂鸣器上的定时装置。我和宇多山君在林君的房间听见蜂鸣器的响声，当时应该是三点半。凶手杀死林君之后没过多久又实施了下一起犯罪，大概是想在这晚全部搞定吧。不管凶手是谁，在第二起和第三起犯罪被发现后，显然很难再进行下一步行动。

“然而，当凶手袭击睡梦中的舟丘君时，她的口袋蜂鸣器响了起来。凶手没时间用钝器再打一下，连确认她是否死亡都来不及，便慌慌张张地从现场逃了出去。

“与此同时，我和宇多山君赶到‘伊卡洛斯’，这中间最多花了三分钟左右。当时房间的门从内侧被插上了插销，而我们破门而入之后，却看不到凶手的影子。这就是推理小说中常见的密室状态。”

“密室……”鲛岛用手指夹着香烟，一边把玩一边沉吟着说道，“是那种状况吗？”

“那种简易插销，只要从门缝里利用线或铁丝之类的东西往外拉，也不是插不上。但是，凶手一开始不可能把舟丘君弄响蜂鸣器这种事情考虑在内；而我们赶过去只花了三分钟。我认为在这段时间内要完成如此麻烦的工作，是不可能的。况且，将那个房间变成密室，完全没有必要。将这起事件和第三起事件中林君为什么请凶手进去这个问题一并考虑，各位有什么看法？能够解释全部事实的那个答案不就浮现出来了吗？”

针对岛田的问题，宇多山和桂子歪着头，看着对方的脸。坐在沙发上的角松富美祐不知有没有听到这边的对话，这时停止念经，静静地将身体蜷成一团。

“计划外的密室，是这个意思吧？”鲛岛谨慎地说道，“也就是说，凶手本来没打算把‘伊卡洛斯’弄成密室，反倒是想弄成跟清村君和林君的房间一样没上锁的状态。但是，舟丘君的蜂鸣器突然响了起来，凶手大吃一惊，情急之下……”

“正是如此。”岛田满意地点点头，“凶手陷入困境之中，不得不中止行动，任由房间处于密室状态，赶紧逃跑。”

“可是岛田君，如果仅仅是逃了出去，门的插销不应该是插上的啊……”宇多山提出自己的疑问。

“不对，并不是那样的，”鲛岛回答道，“凶手并不是从房门逃跑的，岛田君的结论是——没错吧？”

“嗯嗯，正是这样。”

“那么……”

面对困惑不已的宇多山，岛田解释道：“有秘密通道。”

“什么？！”

“怎么了，宇多山君？你该不会站在推理小说编辑的立场，认为秘密通道什么的是犯规手法吧？”岛田微微一笑，“在这个迷宫馆里，恐怕全部房间都……即使不是，至少林君的‘埃勾斯’和舟丘君的‘伊卡洛斯’在某处有暗门。刚才在‘伊卡洛斯’等你和夫人来的时候，我在墙上敲来敲去，想把它找出来，结果却一无所获。不过，我认为一定在什么地方藏着巧妙的机关。”

“可是……”

“还是觉得无法接受？宇多山君，只要承认这种机关的存在，就能从逻辑上解释第三起和第四起事件了。

“林君为什么在设置了障碍物后，还请凶手进房间呢？完全不是这样，他没让任何人进来。凶手是通过暗门进入房间的。

“行凶后，凶手又通过暗门离开房间，此时有什么事情是一定要做的呢？那就是破坏那个障碍物。凶手把堆在门后的桌椅移到一边，拉开插销，打开门锁。如果不这样做，房间不就成了密室吗？密室越‘完美’，目击者越容易产生怀疑，会觉得什么地方有秘密通道。即使秘密通道最终可能会曝光，凶手还是不想让我们知道自己是如何来往于各个房间的。”

宇多山总算明白了岛田所说的“逻辑”，就是这么回事。

凶手为了隐藏行凶时那个房间（从表面上看）是密室的事实，特意从内侧移开障碍物，还把锁打开。

“这样的话，‘伊卡洛斯’成为密室的理由，用同样的逻辑就能解释清楚了。”岛田说道，“本来凶手在行凶之后，打算拉开插销就走，但没想到蜂鸣器突然响起，这个意外使凶手来不及行动，结果弄成了计划外的密室。”

岛田一口气喝干玻璃杯中剩下的水，喘了口气。

“问题在于，通往秘密通道的门藏在哪里？我们之后要仔细寻找一番。”

“这么说来，岛田君，”鲛岛点着香烟，“井野君是凶手的可能性又变大了。林君不可能让他进房间，这一点反证已经没用了。他是宫垣老师的秘书，知道这种机关是很正常的。”

“是这样，”岛田点点头，又补充道，“但还不能断定就是他。光说可能性，其他人也有可能。宇多山君你有可能，我也一样，鲛岛老师也是如此，初次造访这座房子的夫人也不例外。来到这个地方，偶然发现了秘密通道，谁都有可能。”

6

“我认为，经过上面的讨论，重大问题集中到以下几点。”岛田将右臂支在桌上，竖起五根手指，扳着指头说道，“第一，我提出的‘砍头逻辑’到底是对是错？第二，林君在打字机里留下的字母是什么意思？第三，通往秘密通道的门在哪里？”

“还有一点，岛田君，”鲛岛说道，“舟丘君在‘手记’最后提到的‘车’是什么意思？我总觉得这很重要，但又想不明白。”

“啊，说得对。”岛田展开手指，按在浅黑色的额头上，“文章中写到‘就是那辆车的事情，那辆车……’，之前写着‘突然想起一件事情’。”

（车……是哪辆车？）

这座房子的停车场里停着宫垣的奔驰和宇多山的车，那究竟有什么问题？还是说……

宇多山正在思考，桂子突然“啊”地叫了一声。

“怎么了？”

“我有个想法。”桂子用略带兴奋的目光看着宇多山。

“关于车的问题？”

“不，不是那个，是刚才提到的林君的死亡留言。”

“你说的是？”

“第一天在走廊里，清村君不是跟林君碰头了吗？当时林君说过的话啊。”

“呃……”

“不记得了？那个人因为打字机的型号不同感到很困扰，他反复提到自己是‘绿洲’牌的用户，习惯不一样。”

“啊啊，原来如此，”宇多山忍不住拍打膝盖，然后说道，“是‘拇指转换’吗？”

同时……

“原来是这样！”岛田大声叫道。

“是‘拇指转换’，岛田君。”宇多山信心十足地说道。

可岛田却露出茫然的表情。“那是什么？”

他不等宇多山回答，就从椅子上站了起来，往电话台那边奔去。看来，他不是因为听见宇多山和桂子的谈话才大叫的。

“就是那辆车的事情，那辆车……”

岛田看上去跟宇多山一样兴奋，一边喃喃自语一边坐到电话台前。他好像想到了什么，将放在电话台下的电话簿抽出来。

“你怎么了，岛田君？电话被切断了啊。”

岛田不理宇多山，默默查看着电话簿。大家很为他担心，以为他突然发了疯。这时候——

“果然如此，”岛田嘟囔着合上厚厚的电话簿，“是这样啊……也就是说，嗯，也就是说……嗯嗯。”

“等一下，岛田君。”鲛岛离开桌子走到岛田身边。

岛田回过头来，还是一脸茫然。“怎么了？”

“请你听听宇多山君和桂子君的话，他们似乎已经搞清楚那个死亡留言的意思了。”

“啊，真的吗？”看样子他一直沉浸在自己的思考中，根本没听见宇多山他们说了什么。

“请讲来听听，宇多山君。”岛田又回到桌旁。

“看来，你没听说过‘拇指转换’吧？”宇多山说道，“这是富士通的‘绿洲’牌打字机配备的一种独特的假名输入系统。详细解释起来很麻烦，总之，在输入假名时，它跟这座房子里准备的‘文豪’牌打字机的键盘用法不同，而林君恰好是‘绿洲’牌的用户。”

“哈。”岛田似乎终于理解宇多山说的是什么了，“原来如此！也就是说，林君要么是有意，要么是临死前判断力变得迟钝了，他在那个键盘上以‘拇指转换’方式输入了那几个字母。”

“我觉得是这样。”

“嗯，对‘wwh’这三个罗马字进行翻译，会出现什么单词呢？”

“不，现在不行，我还没熟记键盘上的按键排列。”

“那么，我们一起去那个有打字机的房间吧，反正也得寻找通向秘密通道的门。”

岛田在电话簿中发现了什么？

宇多山虽然有点在意，但相比起来，“死亡留言”的解读更重要。只要明白它的意义，凶手的名字就可以搞清楚了。

宇多山压抑着兴奋的心情，握住桂子的手，从椅子上站了起来。

第十章 被开启的门

1

大家以一个人有危险为理由，说服不愿离开大厅的角松富美祐。五个人一起走到迷宫馆的走廊里。

如果只是看打字机，去哪个房间都可以；而如果按岛田的意见去找秘密通道的话，那要么去林的房间，要么去圆香的房间。林的房间里倒着一具被刺杀的尸体，大家想尽量避开。他们决定去圆香的房间“伊卡洛斯”。

早上七点半。

天已经大亮，被染成蓝色的自然光透过天花板的玻璃窗射入，但馆内依然非常昏暗，气氛仍是阴沉沉的。墙上的白色面具毫无表情，知道它们是杀死清村的“帮凶”后，每个人都觉得它们的内心藏着恶魔般的嘲笑。

他们来到排列着十六条岔道的走廊上，没有忘记确认第十条和

第十三条岔道墙上的面具。果然，狮子和独角兽的位置被对调了。凶手就是使用了这种伎俩，让清村自己走上了通往“死亡房间”的路。

五个人来到“伊卡洛斯”。

床上躺着两小时前死去的女作家的尸体，脸上蒙着白毛巾，床单上到处是散乱的长发。空气里充满了奇异的臭味，这是她第二次陷入昏睡状态前从食道逆流而出的呕吐物的气味。

宇多山迅速走到打字机前，两边站着岛田和桂子，鲛岛则从宇多山背后望过去，富美祐还是坐到了房间的一角。

打字机还开着，圆香昨晚写的“手记”还留在画面上。

“请看这个键盘，”宇多山对岛田说，“岛田君，你家里有打字机吗？”

“嗯，有一台便携式的。”

“是哪个厂家生产的？”

“佳能。”

“那它的键盘布局和这台打字机大体一样。”

宇多山使用的打字机跟林一样，是“绿洲”牌，但由于工作的关系，他对各种品牌的打字机都很熟悉。

“你也知道，日语打字机的文字输入方式基本上有两种，即假名输入方式和罗马字输入方式。用罗马字输入时，各种品牌的打字机的英文数字键的排列是一样的，所以没有问题。可是用假名输入时，不同厂家的键盘布局就不尽相同了。尤其是富士通，和其他公司差别很大。

“眼前这个键盘的假名排列方式叫‘JIS 假名排列’，五十音图上的每个假名分别对应一个按键。可是‘绿洲’牌使用被称为‘拇指转换’的方式，假名和按键的对应关系完全不同，也就是说……”

宇多山把双手放在键盘前，张开十指。

“使用‘拇指转换’的话，两只手的手指可以够到的范围只有这三十一个按键，所有假名、标点、浊音和促音全部靠它们输入。为什么能采用这种方式呢？拿这个键盘说吧，是因为中部最下面的两个按键——‘不转换’和‘转换’键上面有‘左转换’和‘右转换’这两个特有的按键。于是，通过用左右拇指操作这两个转换键，连手都不用移动，就能输入一个按键对应的两个假名了。（见图三）

“原来如此，”岛田连连点头，“那么，根据这种按键排列，那几个字母是——”

“请稍等。”

宇多山集中精神，凭借手指对“拇指转换”假名排列的记忆，试着在眼前的键盘上重现那种按键布局。

“嗯，英文数字键盘的‘W’应该是‘ka’和‘e’，接下来和‘H’对应的是‘ha’和‘mi’吧？”

宇多山看了看桂子。

“怎么样，对吗？”他确认道。

“嗯，我认为是对的。”

“好。普通情况下，‘W’键对应‘ka’，按下‘左转换’键，则对应‘e’，按另一边的‘右转换’键则对应‘ga’。‘H’键也是同样的道理。听明白了吗，岛田君？”

“嗯嗯。”

“现在，我试试打给你看。”

为了不删除圆香的“手记”，宇多山翻到下一页。他先切换到“英文数字”输入模式，然后以“不变换”键代替“左转换”键，与“W”同时按下。这样在“拇指转换”键盘上输入的是“e”，而在眼前的

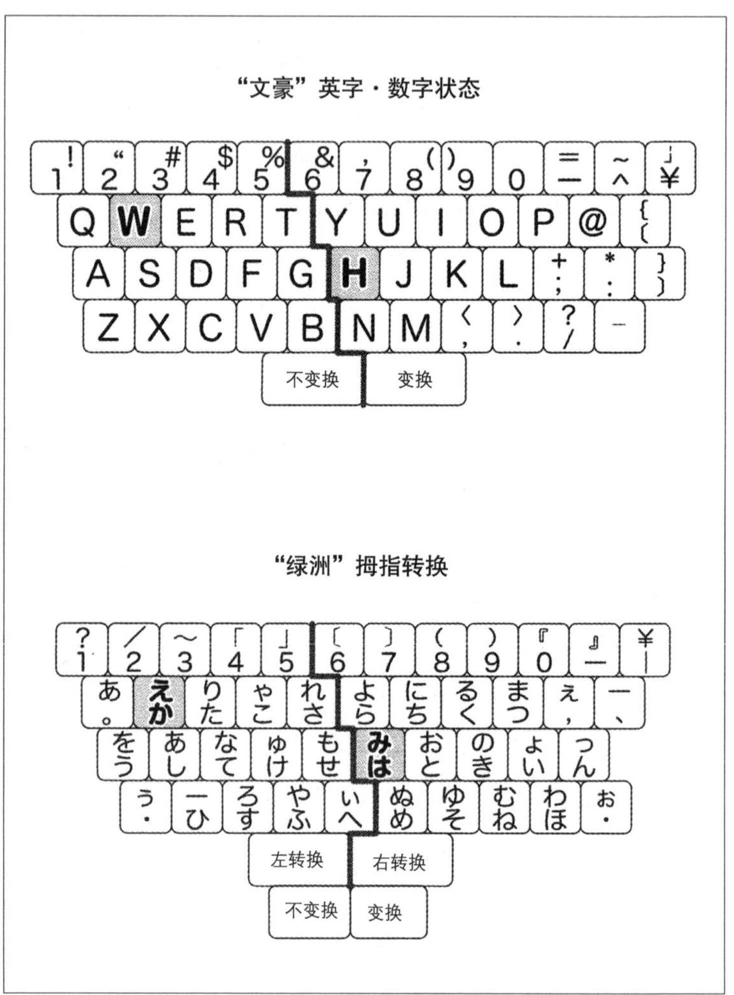
"文豪"英字・数字状态
Q W E R T Y U I O P @
A S D F G H J K L
Z X C V B N M
不变换
变换
"绿洲"拇指转换
左转换
右转换
不变换
变换

图三 打字机键盘对照图

画面上显示的是“w”。

然后，为了输入“ga”，他以“变换”键代替“右转换”键，与“W”同时按下，画面上显示的文字还是“w”。

输入“mi”是把“不变换”键和“H”同时按下，出现的文字是“h”——可以确定，在“英文数字”的输入状态下，“变换”和“不变换”键没有用。

“我刚才敲打按键，想输入的是‘egami’。但如你所见，画面上实际显示的是‘wwh’。”

“嗯，”岛田聚精会神地把视线投向键盘，又说道，“也就是说，这样子，‘wwh’三个字母用‘拇指转换’方式翻译，有六种可能——‘ka’、‘ga’、‘e’、‘ha’、‘ba’、‘mi’，得把它们的组合全部考虑一遍。‘w’有三种，‘h’有三种，对应起来的全部可能性为三乘三乘三……总共二十七种。”

“全部写出来看看。”宇多山在打字机上把全部组合逐个打出来。

kakaha kakaba kakami
kagaha kagaba kagami
kaeha kaeba kaemi
gakaha gakaba gakami
gagaha gagaba gagami
gaeha gaeba gaemi
ekaha ekaba ekami
egaha egaba egami
eeha eeba eemi

“这些组合中有意义的是……”

事件相关人士的名字一个都没出现，宇多山略带失望地再次按顺序看着这二十七组文字组合。

kakaha　kakaba　kakami

……

“是这个！”岛田突然大叫道，“这个啊，宇多山君，‘kagami’，也就是‘镜子’，‘wwh’的意思是‘镜子’。”

“是镜子吗？”宇多山露出一副莫名其妙的表情，“到底……”

“就是那个。”说着，岛田举起右手，伸出纤细的食指直指那件物体，“是那面镜子。”

床对面靠里的墙上嵌着一面巨大的穿衣镜。

“那面镜子？”宇多山歪着头，用不可思议的表情盯着自己映在穿衣镜中的脸。

“但为什么林君要那样说……”

“请冷静点，宇多山君。”岛田有点焦躁地说着，大步朝房间深处走去。

“‘wwh＝镜子’，这个留言说的不是凶手的名字，而是凶手进入房间的暗门位置。”

2

岛田站在比自己还高的穿衣镜前，把脸凑近墙面与镜子接触处的边缘，然后用拳头轻轻击打镜子表面，又举起双手，紧紧压上去。

“能打开吗？”宇多山半信半疑地问道，桂子和鲛岛也是同样的反应。

“应该能打开。”岛田毅然说道，“宇多山君，刚才你提到舟丘君在床上恢复意识时拿手指着我。其实她指的不是我，而是暗门的位置，也就是这面镜子。”

“……”

“怎么找不到开关之类的东西呢？”岛田微微歪着头，压在镜子上的双手突然用力，可镜子一动也不动。

“真奇怪。”他嘟囔着，压在镜子上的力度加强了。

“喂喂，这么用力压上去，镜子会……”

镜子会裂开——宇多山正要说下去，突然，岛田的身体朝施力的方向倒了过去。

“打开了？”宇多山瞪大眼睛，朝岛田那里靠过去。

只见镜子和墙面的接触处出现了一道很大的空隙，整面穿衣镜像门一样打开，并朝墙的方向“退”了进去。

“这种构思真巧妙啊，”岛田盯着打开的“镜门”，感慨地说道，“当用的力到达一定程度之后，反作用力会突然消失，这是个力学机关。我们平时都会有‘镜子容易裂开’这种先入为主的观念，所以不会这么用力去推穿衣镜，真是一种心理诡计啊。”

“啊，”宇多山带着复杂的心情抱着胳膊说道，“那我们的房间都有着同样的机关？”

“应该是的，每间客房都有，大厅和会客室可能也有。这些房间里不都有一面大穿衣镜吗？”

宇多山低声叹了口气，从“镜门”和墙壁之间的漆黑空隙往里看。

“进去吗？”

“当然要进去……不，请稍等。”说着，岛田突然弯下腰，把门又稍稍往里推了推，“好像有什么东西掉在这儿了。”

他将细长的手臂伸进空隙里，从正对门的地面上拾起一张软盘。

“软盘……”软盘装在浅蓝色的软盘套里，岛田目不转睛地盯着它，自言自语道，“哈，这东西……原来如此，果然是这样吧？”

“这里为什么会有这种东西？”

听到宇多山的问题，岛田猛地抬起头，露出明白了一切的表情。

“是掉在这儿的。不用说也知道，这是凶手的东西。”

“凶手？”

“正是，难道还有其他可能吗？”岛田从软盘套中抽出软盘，转身慢慢走到桌旁，“来看看里面的内容吧。如各位所见，这正是对应这种打字机的软盘，而里面的数据大概会是……”

3

岛田将圆香留下的“手记”保存在其他软盘上，然后开始检查那张有问题的软盘的内容。里面只有一个文件，最后的修改时间是“四月二日”，文件名为“畸形的翅膀 · 1”。

> **畸形的翅膀**
>
> 握着黑色锤柄的手一直在出汗，浸透了白手套。
>
> 玻璃天花板外有星光透入，淡淡的黑暗中一片寂静。深夜，在这个馆里唯一醒着的人，恐怕只有他一个了。
>
> 他伫立在黑暗的房间中央，一边让混乱的呼吸平静下

来，一边俯视倒在他脚边的女人。

——死了。

她一动不动，可在几秒前，这个肉体里还住着一个无形的生命。

——怎么就这样死了呢？

他不是因为憎恨才杀她，也不是为了钱，只不过是……

他轻轻地把紧握在手里的锤子放在地板上。没有结束，还有事情要做。

他把女人侧向一旁躺倒的身体翻过去，让她脸朝地面趴着，然后从背后用力撕开睡衣，让她灰白的肌肤浮现在黑暗中。

——加上翅膀。

他从口袋里掏出一个小玻璃瓶。

——加上燃烧的翅膀。

他打开瓶盖，一股汽油味挥发出来，直冲鼻腔。

他蹲在女人身旁，对着她裸露的后背倾斜瓶子。汽油流到白色的肌肤上，咕嘟咕嘟的声音令他十分愉快。

只要一点点汽油就好，从肩胛骨到侧腹，各浇出一条线。

很快就好了——

他拧上瓶盖，把瓶子放回口袋，然后掏出打火机，小心翼翼地向女人的背部靠近。

黑暗中，火焰猛地燃烧起来。

红色的火光摇晃着，映在他眼里。他仿佛陶醉一般站在那里一动不动。

——翅膀在燃烧。

——翅膀。

他用疯狂的目光看着火焰，仿佛见到畸形的翅膀正被太阳焚毁……

1

四月三日早上，在迷宫馆一个叫“伊卡洛斯”的房间里，发现了舟丘圆香的尸体。

“《畸形的翅膀》……也是小说的开头部分吧，”岛田看完画面上显示的文章后，回头对宇多山他们说道，“你们怎么看？”

“凶手在秘密通道入口附近掉落的软盘……”宇多山一边看着“镜门”旁边的细小空隙，一边说道，“看样子是舟丘君为写作比赛创作的小说，标题是‘畸形的翅膀’，被害人是舟丘君本人，这似乎是以神话中伊卡洛斯的故事为主题的作品。从现场的情形来看，凶手本来计划把这张软盘放在口袋里带走……”

宇多山听到岛田发出啧啧的咂嘴声，不由得停了下来。

“请好好想一下，宇多山君。”

“……”

“舟丘君被袭击的情形，刚才在大厅不是讨论过了吗？凶手听到她的口袋蜂鸣器响起，来不及给她致命一击，任由房间还处于密室状态就逃走了。这位凶手哪有时间把软盘取出带走呢？”

“确实是这样。”

“首先，舟丘君在昨天的‘手记’里，明确记录了自己一行都没写。‘手记’是二号晚上十一点二十分写的，而另一方面，这篇稿件的最后修改时间是‘四月二日’。

“其次，请回想一下须崎君、清村君、林君三人的房间。无论是哪个房间，打字机旁用于保存文件的软盘都只有三张，井野第一天就说过了。而这边又如何？加上这张掉落的，这里总共有几张软盘？”

“四张。”

“对啊，多了一张。”

“啊。”发出短促声音的不是宇多山，而是鲛岛。

“有这种事？这么说——”评论家用手掌按在苍白的额头上，“啊啊，该怎么说……”

“明白了吗，鲛岛老师？”岛田问道。

“嗯嗯，大概明白了。”

鲛岛伸出舌头，舔了舔薄薄的嘴唇。

“正好相反，是吧？”评论家说道。

“相反？”宇多山不解地摇了摇头。

鲛岛也不清楚自己在多大程度上理解了岛田的想法，只是带着某种复杂的表情继续说道：“顺序和我们认为的正相反——是不是，岛田君？”

“正是这样。”岛田用锐利的眼神看着“镜门”，“凶手模仿四位作家写的作品实施了杀人，我们到刚才为止，一直深信这就是事件的全貌。然而，真相恰好相反。也就是说，四篇作品是凶手创作的。凶手不是将被害人写的作品当作‘模拟’杀人的题材，而是在杀人之前特意准备好作品。”

“作品是凶手写的？”

“软盘是最有力的证据。它不是凶手打算从这里带走的，而是要带到这里来的。凶手事先将文件的最后修改时间改为‘四月二日’，然后计划在显示器上打开，并模仿其内容实施杀人行为，之后离开现场。但是，由于发生了意料之外的事情，凶手不得不急急忙忙地逃走，这张软盘就是那个时候掉下来的。”

岛田不管目瞪口呆的宇多山，径自走向打开的“镜门”。

“走吧。鲛岛老师要不要一起去？”

“好。”

“啊，请等等我。”宇多山慌忙追上去，“我也去。”

“那么——”岛田回头看着桂子，“夫人，这样吧，请你带角松回大厅好吗？已经不会再发生什么事了。”

“啊……好吧。”她似乎陷入了混乱之中，露出困惑的表情，含糊地点点头。

“就她们两个人，会不会有危险？”

对宇多山这个问题，岛田干脆地摇了摇头。“没问题，凶手应该不会继续杀人了。”

“可是……”

看着一脸担心、望向妻子的宇多山，岛田说道：“模仿四篇小说实施的四起杀人事件，虽然最后一起结束得不甚完美，但凶手好歹以这种方式完成了‘作品’，所以不必再担心了。”

“什么？”

“你还不明白吗？那么，宇多山君，请回忆一下凶手留下的四篇作品的标题。”

“啊？”宇多山歪着头，“‘弥诺陶洛斯的首级’，‘黑暗中的毒牙’，‘光明正大的留言’，然后是‘畸形的翅膀’。”

“凶手把自己的名字也留给我们了，就藏在这些标题中。”

“凶手的名字？”

“对，把各标题的第一个字拼起来，组成了什么样的罗马字呢？”

宇多山按照岛田的话，把相应的文字拼起来。

“什么！？”宇多山完全不明白这是怎么回事，忍不住高声惊叫起来。

“那就是答案。”岛田漠然地说道，“‘mi’、‘ya’、‘ga’、‘ki’——就是这四个字。宫垣叶太郎，就是这起连环杀人事件的凶手。”

第十一章　阿里阿德涅的玉坠

1

只有五十多厘米宽的狭长暗道往左右延伸，仿佛可以连到迷宫馆任何一个房间。

两边的墙壁和地面，还有高高的天花板——全部都是用混凝土浇筑的。“镜门”背面贴着装有铁制门把的黑色木板，跟房间的门一样，上面贴着一块刻有房间名字的青铜牌子。

照明开关在门旁边的墙上，灯泡稀稀落落地从天花板上垂下来，在黑暗中发出微弱的光芒。

岛田打头，鲛岛和宇多山紧随其后，三人排成一列往右拐去。岛田虽然嘴上没说什么，不过往右拐的话，目标应该是宫垣叶太郎的书房和寝室“米诺斯”。

空气里混杂着尘土味和霉味，而且还让人觉得冷飕飕的。左边外侧的墙上到处都是细小的裂缝，上面沾满了黑色的污渍。

（宫垣老师是凶手？）

对刚才岛田说出的那个“答案”，宇多山仍然觉得难以置信。

不过岛田也不作进一步解释，只是抱着先进去看看的态度，踏进这条暗道。

（真的是这样吗？）

宫垣叶太郎不是前天就死了吗？不是在寝室里断了气，还留下遗言了吗？

宇多山亲眼看见躺在床上、双目紧闭的老作家那张安详的脸，难道那并不是死者的容颜？

但是——

井野满男的确宣告宫垣死了，不光井野，连那个叫黑江辰夫的男人也明确指出他死了。如果宫垣是这几起事件的凶手，那为什么还会出现这种事情呢？

暗道沿着“伊卡洛斯”外墙往右拐，向前走了几步，又向左拐，接着再往右拐了个直角，岛田这才停了下来。

“这里是娱乐室的镜子背面。”

说着，他指了指右边墙上出现的黑色房门，门上果然贴着刻有“DAIDALOS”字样的青铜牌子。

“接下来看看这里。”

岛田指了指门前三十厘米左右的位置，只见混凝土墙面上、跟视线差不多齐平的地方，有一块边长不足十厘米的黑色塑料板。

“这是什么？”

听到鲛岛的问题，岛田用右手掀起黑色板子的一端。上面似乎装了合页，以此为轴，板子翻了上去。

“是个窥视窗。”

塑料板后方的混凝土被挖出一个圆洞，透过圆洞可以窥视墙那边的情形。微弱的光线从板子的缝隙间透入，又消散在黑暗中。

“这么小的空隙，只要把塑料板盖上，从室内根本没法发现。”岛田的低语在暗道中回响着，“透过这个窥视窗，他随时可以偷看室内的情况。”

这个“他”指的是宫垣叶太郎吗？

作为这座房子的主人，宫垣瞒着别人造了这条暗道，在里面走来走去——这并非不可能。每当客人来访的时候，他可能就会偷偷地在各个房间之间蹑足往返，宛如“屋顶上的散步者”一样，乐在其中。但是，这么说来……

娱乐室之后，又经过会客室“弥诺陶洛斯”和图书室“欧帕拉摩斯”。三个人终于来到那扇贴着“米诺斯”牌子的门前。

“就是这里。”岛田伸手握住铁制门把，“书房里没有镜子，从位置上看，这里大概是寝室。”

门缓缓地开了。

房间跟前天傍晚井野带他们过来的时候没有任何变化。现在，整个寝室正沐浴在从天花板射入的晨光里。

靠里的墙边——出“镜门”左拐——放着一张大床，床头柜上放着玻璃杯和装有白色药片的瓶子，还有——

床上的被单里鼓起了一个人的形状。

(啊啊……宫垣老师。)

宇多山从暗道走入寝室，看着枕头上鼓起的部分——这个部分也被白色被单盖着。

“这是怎么回事？”他向岛田发问，“宫垣老师不是好好的……”

岛田不理宇多山，径自走到床边，毫不犹豫地掀起盖在枕头上的被单。

“啊！”

“啊啊！”

宇多山和鲛岛同时发出短促的惊叫声。

“你们看到了吧，”被单下面的那张脸——岛田很快将视线从那张痛苦的脸上移开，继续说道，“终于找到了。”

毫无疑问，那是宫垣叶太郎的秘书井野满男的脸。

2

井野已经断了气。

岛田掀开被单检查了一下尸体，没有发现外伤，但喉咙有抓挠过的痕迹，这一点跟清村尸体的状况很相似。岛田推测，井野也是被那种尼古丁浓缩液夺去性命的。

岛田一边催促宇多山和鲛岛过来，一边打开通往隔壁书房的门。

“没人。”

木架上摆着音响设备和大量唱片、CD以及录像带等，书桌上放着打字机和电话，还有一张皮革扶手椅。

室内空无一人，岛田环视一周后嘟囔道：“到哪儿去了呢？”

他横穿房间，看了看洗手间和浴室里。

“看来也不在这儿。”岛田回头看着宇多山和鲛岛，“难道已经离开这座房子了？啊，那边好像落下了什么证据。”

说着，他指了指摆在房间角落的一张小桌子，桌子下面散落着很多“意味深长”的东西。

鲛岛让宇多山留在门口，自己往桌子的方向走去。

“长袍和工作手套……这件长袍是宫垣老师的吧？啊啊，上面沾满了血迹。”

“那个黑色的是锤子吧？就是用它袭击舟丘君的。”

“还有用来勒人的细绳。这个小玻璃瓶……刚才小说里提到过，是用来装汽油的。‘美狄亚’的牌子也在，是特意从那扇门上拿下来的吧。”

“嗯，”岛田站在房间中央，抱着胳膊大声说道，“溅满血迹的衣服和凶器，这种东西也留在这里了。”

“岛田君！”从“伊卡洛斯”出来后，宇多山一直抱着一个疑问，现在终于忍不住问了出来，“请说明一下，岛田君，宫垣老师不是已经去世了吗？”

“隔壁房间里的不是井野君的尸体吗？”

“是，但前天我们确实看到了老师的尸体。”

“所以说，你看到的不是尸体，”岛田像是在给成绩不佳的学生讲课，“他只是闭上眼睛装死，我们被骗了。”

“井野君呢？还有那个黑江医生……”

“他们当然知道事情的真相，还帮忙骗了我们八个人——那是宫垣老师四月一日的庆生游戏。”

“愚人节游戏？”

“正是。”岛田放下胳膊，拉出书桌下面的扶手椅，坐了上去，“全部计划就是从这里开始的。前天井野君告诉我们宫垣老师‘自杀’的时候，清村君还哈哈大笑，真是讽刺。”

“……”

“宫垣叶太郎的自杀、我们在这里听的那盘遗言录音带、围绕巨额遗产继承权的写作比赛……全部都是‘谎言’，全部都是宫垣老师在井野君和黑江君的协助下表演的骗局。”

岛田把身体往前倾，两肘支在膝盖上。

“我是刚才在大厅重新思考舟丘君‘手记’的最后部分时，才意识到这一点的。她在意的‘车’到底是哪辆车呢？宫垣老师的奔驰，还是宇多山君的车？那两辆车都没什么会让她惊讶的地方；而且，她比我们到得早，因此也看不到宇多山君的车。那么，剩下的也就只有一辆车了。”

“黑江医生的车？”

宇多山想起停车场里那辆白色的卡罗拉。

“对，就是那辆卡罗拉，看上去型号挺老了。”

“那为什么……”

“你不觉得奇怪吗？那辆车的主人是一位五十来岁、名叫黑江辰夫的男士。根据井野介绍，他是宫津市N**医院的内科主任。如此有地位的人，乘坐那辆卡罗拉是相当不合适的。”

“啊，你这么说确实有道理。”

“我想舟丘君一定是看到那辆车后，感到很奇怪，而我在这个基础上又把怀疑向前推了一步。那个叫黑江辰夫的男人真的是医院的内科主任吗？”

“原来如此，”鲛岛拍了拍手，“那电话簿呢？”

“嗯，我在那本电话簿里找‘黑江辰夫’这个名字——住在宫津市又叫这个名字的人只有一个。我也查了其他城市，没发现有同名同姓的人。而备注中有记录，这位黑江辰夫的职业不是‘医生’，而是‘教师’。我认为这位叫黑江辰夫的男人也许是宫垣老师的好友。老师拜托在宫津的学校担任教师的黑江氏扮演一位主治医生，证明‘宫垣叶太郎已死’。”

宇多山屏住呼吸，鲛岛深深点头，岛田看着两个人的脸。

“接下来有相当一部分是我的想象，请两位做好心理准备听下去。”岛田继续说道，“首先，我认为宫垣老师得了不治之症这一点恐怕是事实。他知道自己命不久矣，就策划了一个前所未有的犯罪计划。

“他打算在这个迷宫馆里杀害四名‘弟子’，真正的动机我说不出来。不过，看到这一连串的事件，再考虑到鲛岛老师说的‘强调自我’，他是不是有意把这次犯罪当成自己以作家身份发表的‘最后一部作品’呢？诸如此类的问题，只能听他亲口讲了。

“接下来，宫垣老师要做的就是请秘书井野君和友人黑江氏帮忙进行‘愚人节游戏’。不知道他当时有没有对两人言明自己的真实情况，但无论如何，我想他大概会用下面这种借口来说服两人。

“他说他一直在培养年轻作家作为自己的继承人，可自己特别看重的四个人却还没有充分发挥各自的才能，于是就想出了这样一个计划。如果告诉他们自己死了，而且以自己的遗产为奖励举办写作比赛，在这种情况下，他们一定能超水平发挥。在此期间，自己装成死人藏起来，等到四人的作品进入审查阶段再现身说出谜底。他大概会强调，目的不单单是欺骗大家，而且是要促使尚未成熟的‘弟子’写出更好的作品。

“四月一日，我们来到了这座房子，做梦也不会知道竟然有这种计划。在井野君和假医生黑江的帮助下，我们对‘宫垣叶太郎自杀身亡’这件事信以为真。接着，他们公开了那盘事先录好假遗言的录音带。

“到了晚上，宫垣老师开始实施连井野君和黑江氏都不知情的真实计划。”

听了岛田的话，宇多山往书桌上瞥了一眼，只见那盘录音带还放在那里。

“他按照事先在这个房间打字机上写的第一篇作品，实施了第一起杀人事件。他大概是从暗道直接来到须崎君房间的。须崎君本来以为宫垣老师已死，突然看到他出现在眼前，肯定大吃一惊。宫垣老师巧妙地解释了这件事情，然后把他带到会客室，趁其不备击打他的头部，再把他勒死，接着进行了必要的‘模拟’。之后他再次来到须崎君的房间，在打字机上打开自己写的《弥诺陶洛斯的首级》。”

“那为什么要用斧子把头砍下来？最终是要达到什么目的呢？”宇多山问道。

“这个……”岛田支吾着说道，“不是固执已见，但我仍然认为自己提出的那种逻辑是正确的。”

“为了隐藏自己的血迹吗？”

“是的，不过并不是手脚或者脸上受伤导致的出血，大概也不是鼻血。我认为宫垣老师并没有打算逃避，所以日后会有专业鉴定，这不是问题。问题在于，我们可能会对残留的血迹起疑，过早想到是宫垣老师做的。这么一想，现场留下的血迹可能是咳出的血或者是带血痰液。”

“咳出的血？带血痰液？”

“就我这个外行人来看，患了肺癌的宫垣老师在杀死须崎君时可能出现了咳血，这种血迹跟普通的出血可能不太一样。我认为咳嗽得比较厉害的话，会咳出大量带血的痰液。以前当过医生的桂子夫人看到了，可能会指出那是咳出的血或者带血痰液，而我们之中没有一个人符合这个条件。”

“原来如此。”鲛岛把垂到额前的头发捋了捋，连连点头，“听说咳出的血里有泡沫……原来如此。”

“犯罪结束后，宫垣老师把住隔壁房间的井野君叫过来，也有可能是杀死须崎君之前叫的。井野君身上有正门的备用钥匙，而且知道自己还活着，所以在明天大家发现尸体之前，必须把他除掉。听到主人召唤的井野君，在一无所知的情况下成了剧毒的牺牲品。

“接下来的三起事件，刚才我们在大厅基本都讨论过了。不过我们犯了个致命的错误，就是弄错了一系列‘模拟’的意义。

“清村君打字机里的《黑暗中的毒牙》、林君打字机里的《光明正大的留言》——这些都不是他们自己写的。犯罪之后，宫垣老师把预先存进软盘的文件打开。在‘美狄亚’毒杀清村君，在林君的打字机前刺死他，这些都是凶手根据自己所写的作品来进行的‘模拟’犯罪。

“对舟丘君，宫垣老师本来也打算进行同样的工作，但因为发生口袋蜂鸣器响起这种意料之外的事情，他来不及‘模拟’《畸形的翅膀》就跑了，而且在慌忙逃向秘密通道的途中，还不慎落下了自己带来的软盘。”

“林君打字机里留下的那个信息‘wwh’呢？那也是宫垣老师自己留下来的吗？”

面对宇多山的问题，岛田突然从扶手椅上站了起来。

“我认为这种可能性很高。”他回答道，“键盘上沾的血迹也是凶手布置的。他把林君的尸体移到桌前，摆出那种姿势，在打字机上打开自己带来的磁盘，再从秘密通道离开房间。在凶手一系列行动之后，实际上尚未气绝的林君还能打出这几个字母，这种解释太牵强了。”

“但是，凶手为什么留下暗示‘镜门’存在的线索？”

“这的确很奇怪，因为凶手为了不让我们知道秘密通道的存在而把门后的障碍物推开了，这是彼此矛盾的。”岛田继续说道，“不过，怎么说呢，如果把这起连续杀人事件看成宫垣叶太郎拼了命创作的一部‘作品’，那么留给我们一些提示，也是可以理解的。”

“啊，可是……”

“我认为这起事件从整体上看具有某种要素，借用鲛岛老师的话说，就是‘戏剧性’。一系列推理小说风格的‘装饰’——围绕巨额遗产的写作比赛、变成密室的地下之馆、以‘弥诺陶洛斯’为主题的第一起模拟杀人事件、利用迷宫进行的第二起杀人事件、原本想以伊卡洛斯‘燃烧的翅膀’做主题的第四起杀人事件……这么一来，在第三起杀人事件中，为解开谜案，特地设计了‘死亡留言’，也是理所当然的。你怎么看，宇多山君？”

“……”

“尤其是在四篇作品的标题中隐藏了自己的名字，俨然就是宫垣叶太郎风格的体现。他把手套往我们面前一扔[①]，说着‘来啊，能解开我创造的谜题吗？’”

说着，岛田仿佛想到了什么似的，回头望向书桌，突然“呀”地大叫一声，又快步飞奔到桌子前面。

“请看看这个。”他看着放在桌上的打字机，向宇多山和鲛岛招了招手。

“写了什么？”鲛岛发出紧张的声音。

岛田指了指那个画面。“宫垣老师回到书房之后，认定我们迟早会找到这里，所以留下了这个信息。”

①在西方，扔手套表示和对方绝交，开始决斗。

从阿里阿德涅右手取下玉坠，

迷宫之门将会打开。

在米诺斯的房间，最后一幕即将上演。

3

上午九点。

三个人离开书房，与在大厅等待的桂子她们会合。

岛田先前在“伊卡洛斯”指出宫垣叶太郎是凶手，不知道角松富美祐对这句话理解了多少，不过目前看起来，她有恢复精神的迹象——或者说是破罐破摔吧。等宇多山他们回到大厅后，她一言不发地走进厨房，用托盘给每个人端来一杯茶。

“啊，谢谢，十分感谢。”岛田两手捧着热乎乎的茶杯，紧皱眉头，将视线投向走廊。

“还是那个阿里阿德涅像吗？”他小声嘟囔道。

宇多山对歪着头的桂子讲了事情的大致经过。

岛田在旁边问道：“这座房子里有什么球形的东西吗？”

他问的是鲛岛。

“球……是圆形的东西吗？”鲛岛反问道，岛田用眼神示意正是如此。

“就是所谓的‘阿里阿德涅的玉坠’。”

“你到底想用这种东西来干什么？”

“用来把门打开。”岛田露出理所当然的表情，“首先，我认为有百分之九十九的可能，这座房子里除了刚才的暗道之外，还存在另一条秘密通道，它也许会通往书房打字机上写的‘米诺斯的房间’。”

“‘米诺斯’不就是那个书房吗？”

“依我看，还存在另一个真正的‘米诺斯’房间。那个书房门上贴的牌子，鲛岛老师也注意到了吧，是‘MINOSS’——拼写不同，多了一个‘S’。”

“嗯嗯，我之前就注意到了。”

“这算是另一条线索了。也就是说，这个书房不是真的‘米诺斯’，真正的‘米诺斯’在别的地方，是一个不为人知的房间。恐怕，宫垣老师……”

“娱乐室有。”突然，响起一个嘶哑的声音。岛田、鲛岛、宇多山和桂子都惊讶地望向说话的人。

“台球就是圆的。”角松富美祐站在岛田坐的椅子的背后。

“是哦，还有这种东西。”岛田敲了敲额头，从椅子上站了起来，“谢谢你，老婆婆。”

他对身高只到自己胸口的老婆婆鞠了一躬，然后独自快步奔向走廊。

“我想，情况是这样的。”岛田站在阿里阿德涅像前，向大家展示着自己从娱乐室拿来的白色台球，“之前提到‘从阿里阿德涅右手取下玉坠’，现在我用这个球来代替玉坠。”

说着，他把球放到阿里阿德涅像伸出的右手上，然后……

“请大家退后，别碰到那个球。”

岛田提醒聚集在他身旁的每个人。阿里阿德涅像的手掌微微往前倾，放在上面的球开始缓缓滚动，最后从掌心滚落下来。

台球“咚”一声掉在地上，又继续朝前滚去。

在五个人的注视下，台球一直滚到洗手间和浴室对着的拐角处，停了停，很快又沿着墙壁往右移动。接下来，它沿墙角来到往北延伸的呈直线状的走廊上，在岔道处选择了右侧，沿着光滑的瓷砖一直往前滚动。

“不出所料，”岛田一边追赶滚动的台球一边说，“以阿里阿德涅像为出发点，这个走廊的地面是微微倾斜的。‘从阿里阿德涅右手取下玉坠’……我想这个台球最后到达的地方大概就是‘迷宫之门’。”

转进右侧岔道的台球一遇到拐角就改变方向，缓缓往另一条路滚去。宇多山觉得难以置信，牵着桂子的手跟在岛田身后。

台球最终停在一条死胡同的尽头。岛田稍微等了一会儿，确定台球不会再滚动之后，才回头望向四人。

“看来，就是这里。”他说道。（见图四）

走廊尽头的墙上挂着一个石膏面具，是一位女性的清秀容颜。岛田走过去，从墙上取下那个面具，轻轻放在地上。

“就是这个。”

面具被取下后，墙上出现了一个小小的黑色把手。岛田向大家指了指把手，然后伸手把它往下压。

“咔”……从什么地方传来一阵低沉的声音，几乎与此同时，眼前的地板开始移动。有四块瓷砖沿着瓷砖的接缝往下落，地面上开了个边长约六十厘米的正方形口子。

“真棒，”岛田往里面窥探着，然后发出五体投地的赞叹声，“不愧是天才的建筑师中村青司。”

“迷宫之门”就这样被打开了。

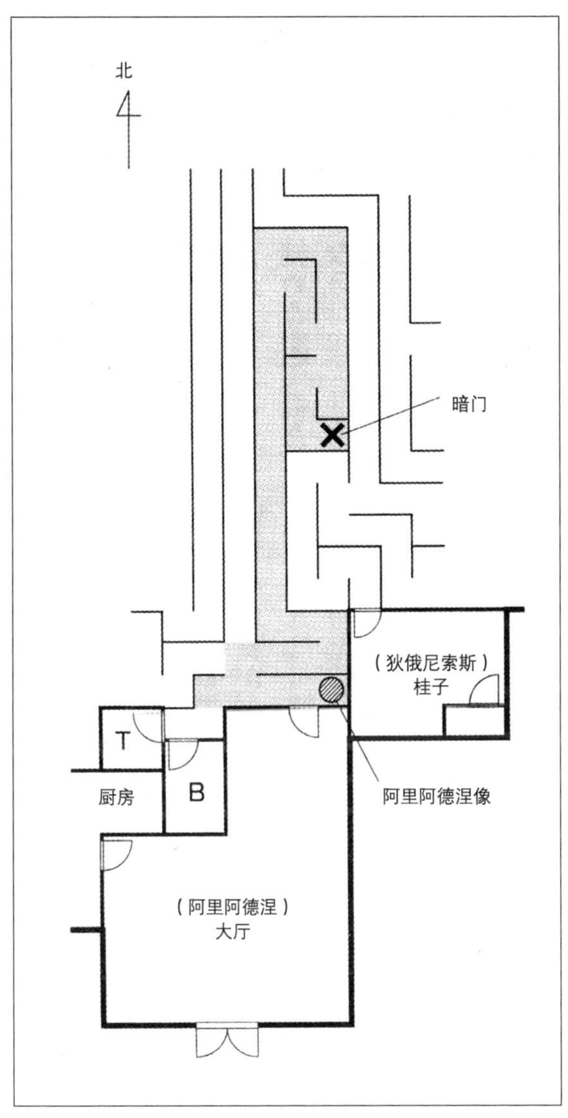

图四 迷宫馆局部图

4

一把铁梯子垂直往下延伸。

岛田小心翼翼地下了地洞。过了一会儿，大概是找到了电灯开关，地洞里突然亮起黄色的光芒。

“哇，太厉害了。”从下面传来岛田的声音，“鲛岛老师，宇多山君，请下来吧。”

桂子和富美祐留在上面，鲛岛在前，宇多山在后，两人依次踩上黑色梯子。

“请等一下。”

宇多山从地洞里抬头望着妻子满是担心的脸。

“有三个人，不会有危险的。”

“小心点儿。”

宇多山挥了挥手，沿梯子往下走。

梯子比预想的要长，有两三米吧，不，也许更长。

穿过一个狭窄的圆筒状部分，两人终于来到了底部。他们离开梯子，借着微弱的光芒环视周围的空间。

“这里——”宇多山情不自禁地大叫起来，“简直就是个洞穴。”

左右、脚边、头上，到处全是凹凸不平的黑色岩石，一块块裸露着。往正上方看去，梯子像被正方形洞口吸了进去一样向上延伸着。

“怎么看都像是天然的洞穴。”岛田一边说着一边往深处走去。他的声音在地下空间里回响，让人不禁有毛骨悚然的感觉。

“感觉不像钟乳洞，大概是风化洞或者海蚀洞。”

“特意在这种洞穴上建房子吗？”

“大概不是有意为之，恐怕是在建造这个位于地下的房子的过程中，在挖地基时偶然发现的。类似的例子确实存在，说是在一个大得惊人的天然洞穴上建了一座政府机关的办公楼。总之，先往前走吧。”

还好一直有电灯，如果是在漆黑一片的洞穴里靠手电筒进行探险的话，宇多山肯定会畏缩不前。

“这条路可能会通向外面，”岛田边走边说，“这么一来，‘阿里阿德涅的玉坠’就真的引导我们到达迷宫出口了。”

脚下的路不算太难走，应该是经过了某种程度的修整。

洞穴渐渐开阔起来，很快，左右两侧开始出现稀稀拉拉的岔道，通往其他洞穴。他们不理会那些岔道，沿着岩石上装有电灯的主通道往前走。如果宫垣逃进了某条岔道里，那就不大可能找得到他了。

“喂，岛田君。”

置身于与日常生活完全不同的状况中，难以名状的不安像波浪一样涌来。

“前面真的是‘米诺斯’吗？”宇多山泄气地说道。就在此时……

“就是那里。”走在前头的岛田突然朝左前方指了指，粗糙的岩石之间有一部分呈现出与周围不同的深褐色，“是那扇门。”

岛田小步快跑，在那扇门前停下来。

“两位，请快点过来。”

这是一扇木质小门，门板上贴着一个他们很熟悉的青铜牌子，上面清晰地刻着这个房间的名字。

MINOS

岛田伸手握住门把，宇多山屏息静气，鲛岛则微微喘息着。

房间里的情景很快展现在他们眼前。

这是一个被岩石包围的狭窄房间，但天花板却很高，地上铺着深红色的绒毯。

把东西运到这里很不容易，所以这里的日用品都显得小巧精致。房间中央放着一张折叠椅；小书桌上放着文具、宫垣的金丝眼镜、一串钥匙和一个白色信封；房间里有电炉；墙上装了一个小书架和一个陈列架；还有……

“啊。”房间最里面放着一张铁架床，看到上面横躺着的“东西”，宇多山不由自主地深深叹了口气。“宫垣老师……”

两只手从凌乱的毛毯里伸出，僵直的脸因痛苦而扭曲着，这就是老作家最后的样子。

——比如说，宇多山君，我从少年时代开始就有一个强烈的愿望……

三个月前与宫垣见面时，他说过的话，此刻在宇多山心中掠过。

——想亲手杀个人，可到现在也没能实现。几十年来净写些杀人故事，说起来，这就是那个愿望的‘代偿行为’吧。

宇多山走进房间，然后慢慢走到床边，轻轻碰了碰宫垣伸出的瘦长的右手。

他感到那只右手还残留着体温，但恐怕这只是一瞬间产生的错觉。下一秒，冰冷僵硬的触感诉说着一个事实，宫垣已经是走上不归路的人了。

脚边的绒毯上好像有什么闪着光。宇多山慢慢俯下身，伸出手想把它捡起来，但马上又停住。

落在地上的是个小小的注射器，里面残留着红褐色的液体，尖尖的针头闪着光。

尾声

迷宫馆地下二层——“米诺斯”的桌子上有个白色信封，里面装着一篇用打字机打印出来的、好几页的文章。

尾声

我不想把自己最后留下的文章称为“遗书”。

就把它叫“尾声”吧，这是作家宫垣叶太郎“最后作品”的最后一章。

解开我布置的重重谜团、来到这个房间读到这篇文章的人，究竟会是谁呢？

须崎昌辅、清村淳一、林宏也、舟丘圆香——我成功杀死了这四个作家。发现这一点的是去年解决水车馆事件的“名侦探”岛田君，还是鲛岛君或宇多山君？

无论如何，当你（或者你们）读到这篇文章的时候，我大概已经——这次是真的——到死亡之门的另一边去了。

从决心实行这次犯罪开始，我就打算在最后亲手结束自己老去的生命。既然知道自己得了不治之症，加上创作能力衰退，苟延残喘下去并不符合我的原则。在人生结束之前，我打算用尽全部力气来完成一部“作品”，再干干净净地离开这个世界。

对四名牺牲者——加上井野君是五名——我感到十分抱歉。人们想必会谴责我说，为什么当初要发掘和培养他们呢？就个人而言，我对他们没有任何怨恨，因此要我怎么谢罪都可以。

不过，我不后悔，归根结底，我就是这么一个人。

为了创作出能“满足自我”的“推理小说”（用略带夸张的、自我陶醉的说法，就是“犯罪艺术”），我献出了全部的人生。于是，在人生的帷幕将要落下之时，我决心以这个迷宫馆为舞台，用他们的血来描绘宫垣叶太郎的最后作品。

我并非没有受到良心的谴责，但已是深陷其中无法自拔了（要说是疯狂，也是没错的）。

啊啊，我不想再啰啰唆唆地写下去了，我无法忍受世人把这些话当成自我辩解。

“冷酷无情的杀人狂”——世人大概会用这种老掉牙的词来形容我，但我从没想过要让他们觉得自己的行为有什么正当的理由。

在搁笔（受到打字机这种文明利器的恩惠，这个词已经不合适了）之前，我还想谈谈我的遗产问题。

再怎么说，也不会以犯罪者的名字设立文学奖吧？不过无所谓。在这里坦白一下，实际上，跟我有血缘关系的继承人还有一位，因此，我打算把遗产全部赠予该继承人，这在法律上应该不成问题。

一九八七年四月一日凌晨两点

面对华丽的没落

宫垣叶太郎

后记

本来这段文章应该放在全书开头，但想到读完正文再读后记的读者少得惊人，姑且还是把它移到卷末。因此，请把它当作写给尚未阅读正文的读者的“开场白”。

这部作品以“小说”的形式来发表，对此我至今仍然感到有点犹豫，因为看到本书书名“迷宫馆事件”后，或许会有读者立即察觉到它是以真实的某起杀人事件为题材创作出来的。

一九八七年四月所发生的案件——与小说中的日期相同——著名作家居住的奇妙宅邸中发生的离奇事件，经过媒体的渲染，变成了轰动一时的大新闻。

然而到了最后，大家都认为媒体没有掌握这起事件的全貌。

这也情有可原，那起事件是在某种非常特殊的情况下发生的，而了解真实状况的相关人士也没有做出回应。警方对如此异常的事件感到十分困惑，虽然认可了某种表面上的“真相”，但也没有积极对外公布。结果，媒体也只能基于警方含糊其词的声明予以报道，草草了事。

各位读者可能会认为，我只不过是摆出一副亲眼见过的样子，在信口开河吧？

既然事件的相关人士都摆出沉默的姿态，为什么你还能以这起事件为题材写书呢？读者们大概会这么想。

坦白告诉各位吧。

我是目睹了那起事件的人。鄙人，鹿谷门实，是一九八七年四月迷宫馆内发生的连环杀人案的相关人士之一。

这次，我决心用这种方式把那起事件的经过发表出来，大体上说有两个理由。

第一个理由，是编辑某君的热心建议。

另一个理由，这么说吧，是对在那起事件中死去的“他们”产生了追悼的念头。

尽管这样说有点不好意思，但至少“他们”之中的某个人，对推理小说这种畸形文学的确怀有无比的热爱，也投入了极大的热情，我对此深信不疑。于是我想，用这种方式对事件进行“推理小说式再现”，是献给死者最好的祭品。

以上是作者自己的事情，不过对大部分读者来说，应该无关紧要吧？

不管事件有多少复杂的前因后果，充其量“不过是推理小说罢了”。对读者来说，这毕竟只是一部用来排遣平日无聊的娱乐小说。当然，我觉得这种看法没有任何问题；要是不当娱乐小说看，我还会感到为难呢。

最后——

鉴于这部“小说”中出现的人名、地名等专有名词大半都采用了化名，所以在这里不得不清楚写明这一点。这么说来，我也摆出一副若无其事的样子在小说中登场了，但并不以笔名“鹿谷门实”出现。

在所有相关人士当中，谁是鹿谷门实呢？

大概会有对此感兴趣的读者吧，但我觉得还是不说为妙。

一九八八年夏
鹿谷门实

图书在版编目（CIP）数据

迷宫馆事件 / 鹿谷门实著 . —稀谭社，1988.9

ISBN 978-7-5133-****-*

Ⅰ. ①迷… Ⅱ. ①鹿… Ⅲ. ①推理小说-日本-现代 Ⅳ. ① I313.45

迷宫馆事件

鹿谷门实　著

策划统筹：*　*
责任编辑：*　*
责任印制：*　*
装帧设计：*　*

出版发行：稀谭社
出 版 人：*　*
社　　址：****************
网　　址：www.************.com
电　　话：***-********
传　　真：***-********
法律顾问：**********

读者服务：***-********
邮购地址：****************

印　　刷：***********
开　　本：910mm×1230mm　1/32
印　　张：8.5
字　　数：113千字
版　　次：1988年9月第一版　1988年9月第一次印刷
书　　号：ISBN 978-7-5133-****-*
定　　价：29.00元

尾声

1

读完鹿谷门实写的《迷宫馆事件》后，岛田还在发热的脑袋就一直在思考。

（去年四月发生的真实事件的“推理小说式再现”……）

（杀死五人，最后自杀的老作家……）

正如“后记”所述，除了担任侦探的岛田洁，作品中其他登场人物的名字多多少少都进行了处理。不过，作品中描写的内容基本上是对这起真实事件的忠实再现，尽管最终的“解决”跟岛田所知的情况略有不同。

最后，他们使用备用钥匙逃出迷宫馆并报警，接下来这个事件就交由警方处理了。对这起事件中诸多不同寻常的状况，警方感到无比困惑，最后只得认定“真相”是身为馆主的老作家（作品中称“宫垣叶太郎”，真名是“宫垣杳太郎”）连续杀人。案子悄无声息地落下帷幕，完全置准备大肆炒作的媒体于不顾。

不过——

(这也太奇怪了。)

岛田合上小说,用疲惫的眼神看着淡紫色的封面,轻轻摇了摇头。

(这本小说究竟是基于什么理由写出来的?)

作者鹿谷门实在“后记”中说是对在事件中死去的“他们”表达追悼之意，但仅仅是这样吗?

(真奇怪啊。)

恐怕还有其他意图，不然就没法说明小说中出现的某个不自然的地方。

岛田振作精神，爬起来，拖着酸软的病躯拿起桌上放的记事本，走向电话机。

2

三天后——一九八八年九月五日，星期一。

在福冈市内某个酒店的餐厅里，岛田和鹿谷门实共进晚餐。

鹿谷目前住在东京，计划从这天起来九州，既是为下一部作品取材，也是顺便来旅游观光。三天前，当岛田接到电话，知道这件事之后，就和久未谋面的鹿谷相约见面。

“好啦，差不多该讲正题了吧，大师。”他们一边闲聊一边吃饭，等饭后咖啡端出来时，岛田开口说道。

对方大概预料到了他的目的，微微笑了笑，坐正身子。

“今天的主题是这本小说。”岛田故意用一本正经的口气说着，然后用眼神示意放在桌上的《迷宫馆事件》,“大前天收到你送我的这本书之后，我马上就开始读起来。虽说是以真实事件为基础，不过即便仅从推理小说的角度来看，我也觉得它是一部令人愉悦的作品。”

“别恭维我啦，这不像你的风格。前几天在电话里，你不是说有这样那样的问题吗？”说着，鹿谷害羞地笑了笑。

“确实有问题……”岛田回以苦笑，又伸手去拿放在书上的香烟盒，“话说回来，实际上我读完这本小说之后，有个问题一直无法释怀。由于电话里讲不清楚，所以当时没提，我想趁现在这个机会向你请教。可以吗，大师？”

“可以别叫大师吗？”鹿谷仿佛难为情似的喝了一口咖啡，“你这样逗我，我觉得很尴尬。”

“不是很好嘛，大师？”岛田抿抿嘴，“你很快就会习惯的。”

“我可不认为自己会习惯。”

岛田一边愉快地盯着对方用手挠头的为难表情，一边点起一根烟。

“我还是单刀直入地问吧。”

“请别客气，有什么问题？”

“在这本《迷宫馆事件》里面，为什么要对作品中某个人物做出暧昧的描述，故意引起读者误解呢？”

“哎呀，还是被看穿了啊。”

“我只是觉得有点奇怪，小说中有很多含糊不清的描写——这种程度的见识我还是有的。”

“那倒也是。”

“不过倒也没出现虚假的描写，只是全部都采用了能从不同角度理解的暧昧写法。既然说过是真实事件的‘推理小说式再现’，那就不能使用明显与事实不符的写法。我说得不对吗，大师？”

“你说得对，所谓‘公平’或‘不公平’这类词语，填满了我的脑子，因此对这方面特别注意。”

“嗯，原来如此。”岛田点点头，“虽然不少地方打了擦边球，但能看出作者在公平这一点上花了很多心思。比如‘序幕’的最后部分，不过这并不属于我之前说的有问题的地方。”

“‘宇多山当时自然没有想到，这是他和活着的宫垣叶太郎最后一次交谈’，是这个地方吗？”

“没错。对宇多山来说，这的确是‘最后一次交谈’。后来‘活着的宫垣叶太郎’假装死亡，宇多山虽然有机会再次见到他，可两人并没有交谈。这个地方写得真微妙呢。接下来，第二章写到客人们跟宫垣面对面的场景。光从‘客观叙述①’上看，针对装死的宫垣的身体,你没有用‘尸体’之类的词语。同样,像‘宫垣之死’和‘自杀’这种描写，只在登场人物的对话中出现。另外，你也没有在‘客观叙述’中将黑江辰夫称为‘医生’。”

“例子是举不完的。不过，要是有人能像你这么读，作者会觉得自己的辛苦很有价值。”鹿谷又挠了挠头，“话说回来，你说我对某个人物做出暧昧的描述，故意引起读者误解，你怎么解释这句话？你想的是什么呢？”

“好吧，大致是这样的。”岛田一边回答，一边窥视对方的表情。

鹿谷深深靠在椅背上，眯着眼睛，露出一副乐在其中的样子。

“请让我听听你的解释。”鹿谷说道。

“我认为——”岛田把香烟放进烟灰缸，开始讲述自己的想法，“社会上流传的真相以及这篇小说中描写的真相，实际上都不对。也就是说，去年四月在迷宫馆中杀害五个人的凶手不是宫垣叶太郎。”

①原文是“地の文”，是指小说或戏曲中除去对话和引用后剩下的部分。

“原来如此。”鹿谷的眉毛动都没动，“否定这个真相的理由是什么？你的解答又是什么？”

“否定的材料有很多，大师，不过也不能说是证据或具有决定性的证明。我来举个例子，比如依据那个‘砍头逻辑’而提出的‘咳血观点’，一个病到出现咳血症状的老人，会有体力完成那样的罪行吗？即使不是咳血，仅仅是由肺癌产生的带血痰液，我也会有同样的疑问。”

“嗯，还有呢？”

“下面这个是作品中提出的问题。在第三起事件中，宫垣亲手写下‘死亡留言’，却又把堆在门后的障碍物推开，这两种行为在目的上是矛盾的；还有好像故意卖弄似的把长袍和凶器等证据放在书房……”

“关于这一点，姑且还是按作品中提到的那种一贯性来理解吧，即这一系列事件是宫垣叶太郎拼了命创作的‘最后一部作品’。”

“原来如此，这种观点也有一定的说服力，大师。但反过来说，这不是做过头了吗？固然，像宫垣叶太郎这种风格的人可能会给读者留下线索，但像这样把工具全部摆出来，不觉得有点过了吗？”

“……”

“在这种情况下，一旦生出疑惑，我就会从另一个角度去看待其中某一点，结果发现这起事件可以有另一种完全不同的解释。”

“‘某一点’指的是什么？”

“凶手为什么要用斧子砍断须崎昌辅的脖子？”

听到岛田的话，鹿谷慢慢摸了摸下巴。

“你果然厉害，”鹿谷微笑道，“那答案是什么？”

“跟作品中讲的一样，是为了隐藏自己留在现场、弄脏了绒毯的血迹。”

“但除了宫垣之外，幸存的人中好像没有‘符合条件的人’。”

“所以，那只能说明没人受伤或流鼻血，不对吗，鹿谷大师？”岛田又掏出一根香烟，“既不是受伤也不是流鼻血，凶手却还是因出血而把现场的绒毯弄脏了。如果连宫垣咳血或者带血痰液这种说法也否定掉的话——”

“否定掉的话又怎么样？”

“剩下的可能性只有一个，那就是女性的生理出血。”

“不错，”鹿谷满意地点点头，“不过惭愧的是，我注意到这一点时，事件已经结束好一段时间了。”

“凶手是女性。杀死须崎的真凶恐怕是有生以来第一次动手杀人，因而大受刺激，当场瘫软在地。更糟糕的是，这种刺激和杀人前持续的精神紧张，同时作用在肉体上，结果导致这位凶手过早进入了生理期。

“她大概穿着短裙，从内裤渗出的血弄脏了绒毯，这让她张皇失措。如果之后这块血迹被送去鉴定，岂止会发现和被认为是凶手的宫垣血型不一致，还很有可能判断出她的身份。由此可见……”

“真了不起。”

听到鹿谷的称赞，岛田继续说道：“幸存的女性之中，宇多山桂子当时处于怀孕六个月的稳定期，而且身体状况良好；而角松富美祐在登场人物表中是六十三岁，年纪很大，早过了生理期；于是——”

“这是单纯的排除法。”鹿谷接下去说道，“剩下的女性只有一位——鲛岛智生。你说得不错，我想真凶就是她。”

3

“事件结束后，在得知宫垣叶太郎尸体的解剖结果时，我开始对那个显而易见的‘真相’产生怀疑。”鹿谷郑重其事地说道，“死因是尼古丁中毒，推断的死亡时间是以四月三日凌晨四点为中心的前后两个小时。如果说宫垣袭击了舟丘圆香后，马上去了那个位于地下二层的房间，然后自杀，这个事实倒跟推断的死亡时间相符。

“不过另一方面，解剖结果表明他的肺癌比想象中要轻得多，应该不会引起咳血，也不会咳出大量带血痰液。

“这么一来，对警察而言，没有任何证据可以证明那个‘砍头逻辑’，最终他们只能按表面上看到的状况来处理，我想这也是无可奈何之举，不过我个人无法接受这种处理方式。另外，最后发现的宫垣遗书中也有问题——他坦白了存在‘有血缘关系的继承人’，让这个人来继承其遗产……”

“在作品中是一位名叫鲛岛洋儿的九岁小孩。”

“正是这样。”

“分配给鲛岛的房间叫‘帕西菲’，这也算一个暗示。帕西菲这位女子是米诺斯的妃子，也是畸形王子弥诺陶洛斯的母亲。”

在这篇小说里面，为什么要对作品中的某个人物做出暧昧的描述，故意引起读者误解呢？“作品中的某个人物”，当然是指评论家鲛岛智生。

鲛岛智生是女性（事实也是这样）这一信息，小说中完全没有提到过，甚至还把她当男性评论家来写，不过字里行间并没有明显写出鲛岛是男性；“智生”这个名字，无论是男性还是女性都能使用；还有“如果穿上白衬衫，年轻时称其为‘俊美青年’也不过分”这种打擦边球的叙述方式。总的来说，只要是跟这个人性别相关的描写，都采用了能从不同角度理解的暧昧写法。

岛田一边慢慢抽着烟，一边总结自己这三天的推理，然后继续说道："宫垣叶太郎和鲛岛智生过去是情人关系，在小说中也有暗示，就是'这两个人曾在这个馆中夜以继日地讨论推理小说，谈了整整一个夏天，成了广为流传的佳话'这一句。

"从小孩的年龄是九岁进行逆推，她当时大约二十七八岁。宫垣那时是五十岁，而且是个众所周知的好色之徒。两人在那个夏天发生了关系，结果她怀孕了，这并非什么不可思议的事情。

"另一方面，宫垣不但是一个彻头彻尾的独身主义者，而且非常讨厌小孩。更不幸的是，鲛岛生下的孩子有严重的精神发育迟滞症，所以宫垣绝对不会承认这是自己的孩子。"

生下孩子以及之后将近十年的岁月里，鲛岛心里在想什么？

局外人很难想象真实的情况是什么样。一方面，她无法公开孩子父亲的名字，只能一个人养活孩子；另一方面，尽管宫垣不管孩子的死活，她还是继续跟他保持亲密的交往。想到这一点，岛田不由感到一阵寒意。

这个冷漠的宫垣对她来说，既是情人，又是孩子的父亲，她当真会憎恨他吗？

肯定会憎恨的。

宫垣好歹会把巨额遗产分给这个可怜的孩子吧——她心里会有这种期望吗？

肯定会有的。

于是在这十年里，她一直将憎恨埋藏在心底，跟宫垣继续保持亲密的关系。但是，宫垣毫不让步，要把财产用作"宫垣奖"的设立和运营。

然后，到了去年春天。

患了重病的宫垣策划了六十岁大寿庆祝会上的大骗局。

将四名‘弟子’逼入绝境，让他们充分发挥实力，宫垣的目的大概不单单是为了搞恶作剧。或许宫垣自己也以“迷宫馆事件”为主题写了一部小说，计划跟四名弟子的作品一起出版，作为对六十岁大寿的纪念。宇多山在新年拜访他的时候，他说“有个构想”，实际上就是这个想法吧？

恐怕，他事前将这个计划告诉了鲛岛，委派她当“被骗方的间谍”（至少这点宫垣没有告诉“行骗方”中的黑江）。于是，她趁机设计了一个犯罪计划。

十年的怨恨在心中积蓄。对这个翻脸不认人的宫垣，鲛岛计划一方面洗雪心中的恨，另一方面将他的全部财产留给自己的孩子，最后还能逃脱法律的制裁。对智力发育不足的洋儿来说，即便父亲是个疯狂的杀人犯，世人会以尖刻的目光相向，但这个孩子并没有能力去理解这种目光的含义。反正，她决心实施这个计划。

为了将事件装饰得绚烂华丽，宫垣以外的五个人也必须杀掉，这才是宫垣叶太郎风格的犯罪。

她在四篇作品的标题里嵌入宫垣的名字，并且事先用同一牌子的打字机打出开头部分。至于秘密通道和地下洞穴的事情，她大概以前听宫垣说过，这并不奇怪。

须崎昌辅、井野满男、清村淳一、林宏也、舟丘圆香——她把这些人当作宫垣叶太郎“最后一部作品”中的牺牲者，按顺序一个接一个杀掉，最后来到地下二层的“米诺斯”，让隐身于此的宫垣“自杀”。然后，她留下伪造的“遗书”，内容是坦白罪行后，让自己的孩子继承遗产。最后的签名大概是模仿宫垣的笔迹描出来的，签名之外的其他部分则是用打字机来打，所以这份“遗书”应该具有法律效力。但是这么一来，洋儿这位“有血缘关系的继承人”的存在会被传播开来。当然，她也是这么考虑的。

“在杀人的时候，尤其是砍断须崎的脖子和用刀刺杀林这两个环节，因为预料到会被溅上血迹，她肯定用宫垣的长袍包住了全身。这件长袍和为了不留下指纹而使用的手套，全被她当作‘证据’留在书房里。最后在打字机里找到的‘尾声’，当然也是她留下来的。

“最危险的大概是最后杀舟丘圆香的时候吧。宇多山比预计时间提前很多发现清村的尸体，圆香的口袋蜂鸣器响个不停，这些都是意料之外的事情。凶手慌忙逃离现场——她明白这时得一口气搞定一切。”

她来到书房放下长袍和凶器，在打字机上留下暗示宫垣藏身之地的信息，然后拿着准备好的假遗书、备用钥匙和装了尼古丁的注射器，匆匆跑向地下二层的洞穴。她担心会碰上因听到蜂鸣器响而走出来的人，所以很可能采用了“秘密通道——大厅——洞穴”这条路线。

她潜入“米诺斯”，给睡眠中的宫垣注射尼古丁，让他“自杀”身亡。然后，她把假遗书和钥匙放在桌上，匆匆忙忙回到楼上，装出去大厅查看的样子，跟宇多山夫妇会合。

接下来，她等待着剩下的人推理出“宫垣叶太郎是凶手”这个虚假的真相。如果他们一直没想到这个方向，她也许会亲自担任侦探的角色吧。

“但是，她还没有脱离险境。她没有时间对舟丘圆香补上致命一击，所以对方随时都有可能会苏醒过来。”

圆香被袭击的时候，房间里只点着小灯，她大致看到了鲛岛的脸。因此，她在断气前一度恢复意识的时候，做出了那种举动——抬起手腕指向当时正好站在“镜门”前的岛田洁。

“作品中说她指的是凶手侵入房间用的暗门，但实际上并不是这样。”岛田喘了一口气，然后把桌上的《迷宫馆事件》拿到身边，哗哗地翻着，“请回忆一下圆香醒来时房间中每个人的位置。宇多山夫妇在床边；角松富美祐坐在房间角落；鲛岛智生在打字机前，正好隔着床挡在穿衣镜前面。也就是说——

“圆香当时指的不是岛田洁，也不是‘镜门’，而是在镜中出现的鲛岛。”

“哎呀，真是绝妙的推理，值得鼓掌。”一直聚精会神倾听岛田说明的鹿谷轻轻拍起手来，“你太厉害了。”

“就算你这样称赞我，我也不会觉得高兴。”岛田噘起嘴，然后抱起胳膊，“那么……大师，我还是很想问你，这部《迷宫馆事件》要由鹿谷门实来写，其真正理由是什么？”

4

“这是一种信息的传达。”鹿谷看着一脸严肃的岛田，回答道，“刚才你说的事情，即使现在告诉负责的警官，我认为他也不会相信；就算他信了，也没有任何物理上的证据；况且我不想当那种搬弄是非、令人厌烦的所谓‘好学生’。话虽如此，但如果意识到这种可能性极高的‘真相’之后还默不作声，作为一个正直的公民，我多多少少会有负罪感。

“于是在编辑——在这本小说中名叫宇多山英幸——的劝说下，

我考虑用这种方式来记录真相。

“也就是说，对事件毫不知情的人可以当作普通的推理小说来读，有一定程度了解的人可以当作是事件重现。当然，将鲛岛智生写得跟男性一样，可能有人会对这一点感到别扭，不过他们没法推导出我们刚才的结论。进一步来说，对某个特定的人——也就是真凶鲛岛智生来说，这毫无疑问是一份‘告发’，只不过是用小说的形式而已。

“她读了这篇小说之后，当然会深感疑惑。把‘鲛岛智生’写得跟男性一样，但文中又没有出现明确指出这个人是男性的词句，读者认为这是位女性也未尝不可，这种写法肯定会让她产生强烈的怀疑。解开谜底的重要一环就是性别，她比任何人都清楚这一点，所以大概也会明白，这本书的作者已经从‘砍头逻辑’导出‘凶手是女性’的结论，也就是看穿了真相。

“自然，看到这份‘告发’之后，她会采取什么样的行动？会不会去自首？这我就不得而知了。”

“嗯，”岛田抱起胳膊，低声嘟囔道，“原来如此，你打的是这种主意。”

“哎呀，”鹿谷耸耸肩，“你这么厉害，肯定老早就看穿啦，现在不过是借我的口讲出来罢了。”

“你真看得起我，”岛田同样耸了耸肩，“不过跟我们家老二——大分县警察局的某位警部大人——相比，我对自己脑细胞的柔软度还多多少少有点自信。”

他盯着哈哈大笑的推理作家的脸，把话题继续下去。

“话说回来，最后还有一个问题想请教你，鹿谷大师。”

“你真是个固执的家伙，老是‘大师、大师’这么叫，搞得我后背痒痒的。”

“作为推理作家，你不就是一位出色的大师吗？”

“我才刚出道。”

“早晚会成为了不起的大师。”

鹿谷又耸耸肩。“不是还有一个问题吗？难道要问‘鹿谷门实’这个笔名的来历？”

“这个我一看就明白了，”岛田把空空的香烟盒揉成一团，然后说道，“SHISHIYA KADOMI，将本名的罗马字来个偷天换日，是吧[①]？”

“对，真是个漂亮的回答。”

“我想问的是，这篇小说中有一个‘谎言’。在第一章过半、岛田洁跟清村淳一的对话中，名侦探岛田故意说了个十分明显的谎言。”

“啊，你说的是那个……”鹿谷露出嬉皮笑脸的神情，还眯起了眼睛，“你生气了？”

“生气倒没有。”

“‘说出来的话就是自曝家丑了——老大目前处于不知所踪的状态。他叫岛田勉，十五年前突然跑到海外去了，至今还没回来。’实际上，这位勉是我们家最优秀的高才生，在国立大学担任犯罪心理学教授一职，是位受人尊敬的老师。用那种字句描写兄长，我也觉得自己太过分了。”

“你知道就好。”

这位当事人——岛田家的老大岛田勉——满脸不快地对装模作样的鹿谷怒目而视[②]。

---

①“岛田洁”的罗马字是“Shimada Kiyoshi”，“鹿谷门实”就是将其重新排列了一下。

②岛田家有三个儿子，老大是这里的岛田勉，老二在大分县警局工作，老三就是岛田洁。关于岛田家的情况，请参见绫辻行人的《十角馆事件》。

“别生气嘛，大哥，我最怕你这种表情了。我还不是想让故事有趣一点，才说出这种话嘛。”

笔名“鹿谷门实”的岛田洁说着，露出孩子般的顽皮笑容。

“我不就是在愚人节开了个玩笑嘛。”

图书在版编目（CIP）数据

迷宫馆事件 /（日）绫辻行人著；谭力译. -- 3 版. 北京：新星出版社，2024. 7
（2025. 4 重印）
ISBN 978-7-5133-5690-9

Ⅰ. I313.45

中国国家版本馆 CIP 数据核字第 2024VR6908 号

迷宫馆事件

[日] 绫辻行人 著；谭力 译

责任编辑 王 萌
责任印制 李珊珊
装帧设计 张 二

出 版 人 马汝军
出版发行 新星出版社
（北京市西城区车公庄大街丙 3 号楼 8001 100044）
网 址 www.newstarpress.com
法律顾问 北京市岳成律师事务所
印 刷 北京天恒嘉业印刷有限公司
开 本 910mm × 1230mm 1/32
印 张 8.5
字 数 113 千字
版 次 2024 年 7 月第 3 版 2025 年 4 月第 3 次印刷
书 号 ISBN 978-7-5133-5690-9
定 价 49.00 元

总机：010-88310888 传真：010-65270449 销售中心：010-88310811